鲁迅手稿经眼録

叶淑穗　著

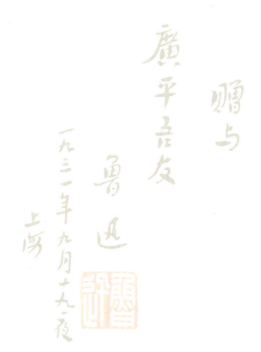

国家图书馆出版社

图书在版编目(CIP)数据

鲁迅手稿经眼录/叶淑穗著.—北京:国家图书馆出版社,2021.9
(2022.11重印)
ISBN 978 - 7 - 5013 - 7359 - 8

Ⅰ.①鲁…　Ⅱ.①叶…　Ⅲ.①鲁迅著作—手稿　Ⅳ.①I210.8

中国版本图书馆 CIP 数据核字(2021)第 180621 号

书　　名	鲁迅手稿经眼录
著　　者	叶淑穗　著
责任编辑	许海燕　王佳妍
封面设计	爱图工作室

出版发行 国家图书馆出版社(北京市西城区文津街 7 号　100034)
　　　　　(原书目文献出版社　北京图书馆出版社)
　　　　　010 - 66114536　63802249　nlcpress@ nlc. cn(邮购)

网　　址	http://www.nlcpress.com
排　　版	凡华(北京)文化传播有限公司
印　　装	北京金康利印刷有限公司
版次印次	2021 年 9 月第 1 版　2022 年 11 月第 2 次印刷

开　　本	710×1000　1/16
印　　张	15.25
字　　数	190 千字
书　　号	ISBN 978 - 7 - 5013 - 7359 - 8
定　　价	68.00 元

出版说明

　　叶淑穗先生是北京鲁迅博物馆建馆时期的亲历者。她从1956年鲁迅博物馆建馆时起就在文物资料部工作，从一个普通的讲解员、文物保管员到文物组组长，一干就是36年，一直在和鲁迅文物打交道。在文物资料部工作的这些年里，她亲历了许多鲁迅文物递藏的风风雨雨，几乎经眼了鲁迅所有文物，对每件文物原收藏者是谁、来历如何、在博物馆什么地方等等，都如数家珍，因为她热爱这份工作，珍爱鲁迅的每件文物。

　　本书是叶淑穗先生从事鲁迅研究工作60余年的成果结晶，记述了鲁迅手稿递藏的始末、鲁迅手稿的保存情况、鲁迅手稿陆续发现的经过等。书中还有叶先生对鲁迅手稿的大量研究文章，对鲁迅故居的改造、保护及故居内的用品也有生动详细的介绍。

　　作为亲历者，叶先生经历了鲁迅博物馆文物的收藏过程及保护过程，这种亲历的历史现在几乎无人可以那样详细地记录下来。书中还回顾了叶先生在鲁迅博物馆工作中与前辈们的往来及其与手稿相关的往事。其中有与鲁迅亲属许广平、周海婴等人的交往，还有与鲁迅的友人、学生如冯雪峰、萧军、曹靖华、唐弢等人的交往。他们都与鲁迅文物有着千丝万缕的联系，这在鲁迅研究史上也具有重要的史料价值。多年来，叶先生发表了大量文章，以文物为本，对一些外界研究文章中涉及鲁迅手稿的发现、编辑、真伪等内容进行了极具说服力的论证。叶先生在耄耋之年仍笔耕不辍，出版《鲁迅手稿经眼录》也是对她一生从事鲁迅研究工作的致敬。

2021 年是鲁迅先生 140 周年诞辰，这本《鲁迅手稿经眼录》的出版是叶先生对鲁迅先生的致敬和纪念。同时，恰逢新版《鲁迅手稿全集》出版，这本书也与此呼应，为此添彩。

国家图书馆出版社

2021 年 8 月

目　　录

鲁迅文物是怎样保存下来的

1956 年我从部队转业,来到正在筹建的北京鲁迅博物馆,从一个普通的讲解员、文物保管员到文物组组长,一干就是 36 年。我热爱这份工作,珍爱着鲁迅的每件文物,因为我深知它们的价值,更深知我们的先辈保存它们的艰辛。我为当年能够身处这个岗位而感到无比光荣和骄傲。

在北京西城区阜成门内大街的一条胡同里,坐落着一座幽美的小院——那是由鲁迅自己设计改建的建筑,既是他在北京最后的住所,也是北京鲁迅博物馆的所在地。馆内保存有鲁迅文物21000 余件,其中有鲁迅的文稿、诗稿、书信、日记,以及上万册藏书和一些珍贵资料。这些文物受到国家最高级别的保护,同时也为社会所关注,影响着一代又一代人。

鲁迅生活在旧中国最黑暗的年代。他由于文章言辞犀利,反映人民心声,痛斥反动派的罪恶,而多次受到反动派通缉,作品也曾一度被禁。1936 年鲁迅去世之后;我们的国家又经历了抗日战争和解放战争,残酷的环境给文物保护带来难以想象的困难。

而那些为我们的事业献身的人，竭尽全力、不惜一切地保护了鲁迅文物，为后人留下了这份珍贵的文化遗产。这段历史向我们展现的是文物保护，甚至"抢救"的惊心动魄的历程。

1956 年，北京鲁迅博物馆成立了。许广平先生为了使鲁迅文物得到更妥善的保存，特地将她多年来呕心沥血艰辛保存下来的大批文物全部分批、无条件地捐赠给博物馆，其中有鲁迅书信 902 封（1417 页）、文稿 53 种（2551 页）、日记 24 本（1112 页）、仙台医学讲义 6 本（952 页）、辑录古籍手稿数十种等等。那时，没有人为先生举行过什么捐赠仪式，文物捐献过程很简单，许先生每次仅用电话告知博物馆来人取走。记得有一次是在博物馆开馆前的 8 月初，那天天气晴朗，接到先生的约请，博物馆的业务负责人杨宇（后任博物馆副馆长）带着文物保管负责人许羡苏和我，一同来到许先生当时的住所——北海公园旁的大石作胡同 11 号。许先生将我们让到客厅，自己搬出一个大箱子，将手稿一件件地交给我们，并对每件手稿的来历或特殊经历做了详尽的介绍。在介绍一页《表》的译稿时，许先生生动地向我们讲述了当年萧红、萧军意外发现鲁迅手稿的故事。一天，他二人上街买油条，当小贩将油条包好递到他们手中时，意想不到的事情发生了，那张包油条的纸竟是一页鲁迅手稿！他们惊喜地写信给鲁迅并将手稿送还鲁迅。许先生讲得有声有色，还指给我们看手稿上残留着的好几块油渍。在介绍鲁迅的文稿《势所必至，理有固然》时，许先生告诉我们当年她是怎样从纸篓中捡回这篇稿子的，她还亲手将情况写下，附在文稿的后面。那天，先生还向我们讲述了很多鲁迅生前如何不在意自己手稿的事情。据她回忆，很多手稿都是她背着鲁迅偷偷地收起来的，有的甚至是从厕所里发现后藏起来的。当我看到眼前这些字迹清秀、保存完好的鲁迅手稿时，心里有说不尽的感激之情，对于许先生的良苦用心更是由衷地钦佩。

但通过以后与许先生和海婴同志的交谈，我才真正了解到鲁迅手稿保存之不易。许先生向我谈起过，在鲁迅逝世以后，她和海婴搬到上海霞飞坊 64 号，当时生活的主要来源是鲁迅遗留下的有限的版税，日子过得十分艰难。她们母子俩在日本帝国主义侵占的上海，还保护着大批的鲁迅遗物，实属不易。许先生还曾被日本宪兵队抓去，并施以酷刑，受尽了各种非人的折磨。但许先生在谈起这些往事时，却极少提到自己。她曾感慨地回忆起这样一段经历：一次日本宪兵来搜查，在千钧一发的情况下，她家的一位女工勇敢地用身体挡住三楼的藏书室，对宪兵说"三楼租给别人了"，这些敌人才没有上楼搜查，文物免遭了一场浩劫。许先生说："每想到险些惨遭横祸的一幕，我真的感激那位沉着勇敢的女工。"

后来由于经济困窘，许先生只得将原来居住的一、二层楼租给别人，她和海婴挤在三楼住。鲁迅在上海的藏书有近万册，把他们住的三楼挤得满满的，压得地板都不平了。海婴曾经对我讲述过：有一天晚上，妈妈外出有事，当时只有十来岁的他坐在床边上疲倦得要睡着了，恍惚之间觉得床前方的书籍有些倾斜。他猛然惊醒，赶紧爬起来，跳到床里边，顷刻之间那些箱子就倒在他刚才坐着的地方，险些要了命。

这些鲁迅的手稿始终让许先生放心不下。为了保护好它们，许先生将手稿包成若干包，伪装起来，放在堆煤的小灶间，以躲避敌人的搜查。但在形势愈来愈紧张、环境日益恶劣的情况下，这些手稿藏在家里，怎样放都不能保证绝对安全。无奈之下，许先生仿效当时有钱人存放金银首饰的办法，不惜花钱租用英国麦加利银行的大保险箱来存放鲁迅手稿，才使文物免遭劫难。中华人民共和国成立后，许先生将她保存的全部鲁迅文物，以及在北京、上海的鲁迅故居和故居内的全部文物都无条件地捐献给国家，并为在北京、上海、绍兴、广州建立鲁迅纪念馆而竭尽全力。

1950 年 7 月 12 日中央人民政府
文化部特为许广平颁发的《褒奖状》

但我们万万没有想到的是，许广平先生——这位妇女界久经磨难而坚强不屈的杰出人物，最后却因经受不住鲁迅手稿遭到不测的沉重打击，永远地离开了我们。

1966 年 6 月，国家文物局为了保护鲁迅书信（其中有许多封信是未发表过的）免遭动乱损毁，将鲁迅书信手稿 1054 封（1524 页）及《答徐懋庸并关于抗日统一战线问题》文稿（15页）调往文化部（现文化和旅游部）保密室封存。1967 年 1 月，我们得知戚本禹从文化部保密室将这批书信全部取走。而 1968 年 3 月 2 日，我们从街头的大字报上看到戚本禹被捕入狱的消息。我们都为戚本禹拿走的鲁迅手稿下落不明而焦急万分。当时鲁迅博物馆的领导都"靠边站"了，馆里的"革委会"委托我去向许广平先生反映情况，并请许先生指示我们下一步该如何办。许先生得知情况后，忧心如焚，连夜给中央写信。由于极度的焦急和劳累，许先生心脏病突发，于次日——1968 年 3 月 3 日不幸与世长辞。这位为鲁迅事业、为保护鲁迅的文化遗产而付出一切的战士就这样倒下了！

在中国最黑暗的年代，在环境极端恶劣的情况下，为保护鲁迅的真迹而历尽艰辛的人士有许许多多。作家、翻译家、鲁迅的挚友曹靖华先生就是其中的一位。他在受到敌人严密封锁、查禁和战争肆虐的恶劣情况下，巧妙地保存鲁迅大批书信的事迹，令人既敬佩又感动。

20世纪50年代末，因编辑《鲁迅手迹和藏书目录》，要弄清鲁迅手稿的现存情况，我与许羡苏先生一起去拜会曹老。得知博物馆的同志来访，曹老早就在家等候，并热情地接待了我们。他问清我们的来意，很快就把鲁迅给他的85封半书信全部拿给我们看。当我们见到如此大量完好的书信时，又惊又喜，赶忙向曹老询问这些书信保存的经过。一谈起此事，曹老的话匣子就打开了。他向我们讲述了"二仙传道"的故事：1933年，他准备从苏联回国，当年国民党政府对苏联的封锁胜于德国法西斯，如果直接将鲁迅给他的书信带回国，恐遭不测。后来他打听到一位留法勤工俭学的老同学到了比利时，就和此人取得联系，以请他代转书籍的办法，将鲁迅书信分别藏在精装书的书脊夹缝中寄出。那里的海关邮检员只知翻翻书页有无夹带，万没有料到文章却在书脊的夹缝中。这办法果真奏效，一封封鲁迅书信闯过了森严的关卡从苏联到达比利时，再由比利时的朋友换上新的信封，写上比利时发信的地址，寄到中国。就这样反复辗转，以"二仙传道"的方法，他才把在列宁格勒收到的一批鲁迅书信，幸运地转回国内。曹老回国后，把鲁迅给他的书信，包括从国外转回来的，都集中到北平。"七七事变"爆发后，北平沦陷，曹老决定离开北平辗转上海，他把这些信分别藏在棉衣里，当作包裹，邮寄到上海。后来上海不能待了，他又随身携带这些书信跑到重庆，走时将这些书信装在一个小小的手提箱中，时刻不离身地提着。当时日军对重庆实行"疲劳轰炸"，一天数次，狂轰滥炸。防空警报一响，曹老就立刻跑到防空洞，小小手提箱，更是寸步不离。一次警报解除后，他走出防空洞一看，住所已成了一堆碎砖烂瓦，可是当他看见装着鲁迅亲笔书信的手提箱仍紧握在手中，安然无恙时，心里顿时得到宽慰。曹老说："那时候，我真的又悲又喜，房屋虽塌了，鲁迅书信仍在，——这是天地间仅有的一份呀！没有什么比这更会使我心安的啦！"顿时，我对曹老视鲁迅书信"珍逾生命"的情感肃然起敬。

1964年由于战备，曹老考虑到种种不安全因素，决定将这些"珍逾生命"的书信捐献给国家。在送走之前，他花了大半年时间，将书信按年月编排好，并亲手抄录一份，加上必要的注释，一一整理就绪后，于1965年7月15日将其中的71封半（99页）捐赠博物馆。由于珍贵的文物难以割舍，他留了9封信作纪念，包括鲁迅1936年10月17日写给他的最后一封信。

1976年7月唐山地震波及北京。在猛烈的自然灾害突然袭来时，曹老首先想到的最安全的地方是博物馆，于是他仍然提着那个装着鲁迅书信的箱子，每天乘坐公交车，往返于东大桥和阜成门，晚上来白天走，一直到地震结束。这位80多岁的老人，为什么这样不畏艰辛呢？因为他把博物馆当成鲁迅的家，当成可以信赖的、最安全的地方，更把对鲁迅文物的珍爱全部寄托在这里。

曹老逝世后，这件装过鲁迅书信的箱子，被送到上海鲁迅纪念馆永久珍藏。

说起北京鲁迅故居的保护，也有一段令人惊叹的往事。这不禁使我想起我们的老局长王冶秋同志了。中华人民共和国成立后他领导筹建了北京鲁迅博物馆，在博物馆建成以后，他还经常陪同重要外宾来馆参观。这不仅因为他是国家文物局的局长，更因为他是鲁迅的学生和挚友。每次他送走外宾后，我们都要借机请他讲讲关于鲁迅的事情。一次在鲁迅故居，他就向我们生动地讲述了当年如何巧妙地保护了这个鲁迅住过的四合院的故事。那是1947年下半年，当时在这个故居居住的最后的一位主人朱安女士已病故，故居无人照管。而此时的北平正处在白色恐怖之中，随时都有可能面临军警的搜查与捣毁，更有可能受到各色人物的偷盗和抢劫。在这紧急关头，王冶秋同志和地下党徐盈同志（他的公开身份是《大公报》记者）共同研究，认为可以利用王冶秋当时在孙连仲十一战区长官司令部任少将参议的特殊身份，以军队接管的形式在大门口贴出布告，对故居加以保护。这样做虽然在一段时间里起到一定的作用，但仍制止不了有关亲属来故居抢东西的事情发生。为了确保故居的安全，王冶秋和徐盈同志又联系地下党刘清扬（在北平从事妇女联谊会工作）、吴昱恒（公开身份是北平地方法院院长）共同研究对策。最后，他们决定利用吴昱恒在北平地方法院工作的便利，对鲁迅故居实行"假执行"的办法加以查封，即在故居的大门外面张贴"北平地方法院查封"的大布告，并在院内每个房门及屋内的大小器物上均贴上"北平地方法院查封"的封条，这样才使鲁迅故居安然无恙，完整地保存下来。

1947年贴在鲁迅故居大门旁的北平地方法院布告

在查封期间的1947年7月19日，王冶秋和徐盈同志曾秘密地到鲁迅故居查看，并拍下照片；中华人民共和国成立后在清点鲁迅故居时，在一些器物上还留有当年地方法院查封的封条。无疑，这些照片和器物上的封条就成了这段历史的珍贵物证。

今天当我们走进博物馆，在宽敞的展厅里，目睹珍贵的鲁迅手稿、藏书，鲁迅用过的件件文物时；当丁香花盛开，我们有幸漫步在鲁迅生活、居住过的小小庭院时，仿佛鲁迅就在我们身边，正用他伟大的精神滋养着我们，幸福之情溢于言表。此刻，请您一定要记住，那些在最艰苦的岁月里，为保护鲁迅文物而不惜付出一切的先辈们。在此卒章之际，请和我一起向他们致以最崇高的敬意！

注：本文在国家文物局 2009 年组织的"我与文化遗产保护"征文中获一等奖。

发表于 2009 年 9 月 18 日《中国文物报》

几部鲁迅手稿影印出版的缘起及其历程

鲁迅逝世至今已83年了，弘扬鲁迅精神、研究鲁迅著作，将鲁迅手稿影印出版，这应当是保存鲁迅文物和服务鲁迅研究的最佳举措。几十年来我们的先辈、我们鲁迅研究界和出版界的前辈们为影印出版鲁迅手稿付出了艰辛。初步统计已出版近30部，如《鲁迅书简》《鲁迅日记》《鲁迅诗稿》《鲁迅手稿选集》《鲁迅墨迹》，更有《鲁迅辑校石刻手稿》《鲁迅辑校古籍手稿》《鲁迅手稿全集》《鲁迅著作手稿全集》《鲁迅手稿丛编》，以至即将面市的具有更高规格、收集更加全面、编辑更加科学、印刷更加现代化、可以普及的大型《鲁迅手稿全集》等等，种类繁多，出版水平不断提高。这正反映了我国鲁迅研究事业的发展、出版技术的日新月异，更体现了改革开放给中国经济的发展和文化事业的繁荣带来的实惠。能为一位作家影印出版这样多的手稿，古今中外可能仅有鲁迅才享有如此殊荣，这在我国出版史上也是一个创举，更是一朵鲜艳的奇葩。因为鲁迅作为一代伟人，始终活在人们的心中。

现仅就我所了解的几部鲁迅手稿影印出版的成因及其具体过程，作一简介，以兹纪念。

（一）《鲁迅书简》

许广平先生是鲁迅手稿影印出版的首创者。她在鲁迅逝世以后，登报征集鲁迅书信。为了能保存这些书信，她又设法影印，以向世人展示。她在《鲁迅书简》编后记中写道："我们为了想保留他的手泽，最低限度这些种书都希望用影印以与世人相见。以前文化生活社吴朗西先生资助曾出过一本《鲁迅书简》影印本，那仅是选取几十位朋友的通讯，可以代表各种方面的。"这就是中国第一部鲁迅手稿影印本的诞生由来。

这部《鲁迅书简》，是在我国抗日战争大规模爆发的前夕——1937年6月，由许广平先生主编，以"上海三闲书屋"的署名出版的，文化生活出版社为总代售。全书收入1923年9月至1936年10月鲁迅致许寿裳、台静农、许钦文、郑振铎、黎烈文、曹靖华、姚克、内山完造、李桦、陈铁耕、金肇野、黄源等54位友人的信札共

69封。装帧、印刷精美。分甲、乙、丙三种装帧。当时书信得来不易，出版影印则更加不易。许广平先生回忆道："记得在鲁迅先生刚逝世不久，曾经登报征求远近好友给我帮助，把以前鲁迅先生逐字写出，逐封寄出的信还给我拍照留底，以便将它影印成集。"许广平先生曾于1937年1月、4月在《中流》杂志上分别

发表了《许广平为征集鲁迅先生书信启事》和《许广平为征集鲁迅先生书信紧急启事》，从而征集到鲁迅书信800余封；为了能影印出版，先生又多方请求帮助，她回忆道："那时为寻求能担负起这全部影印出版者，环顾国内，则只有一商务印书馆能够胜任。因此恳请蔡元培先生代为介绍，订有严酷的契约，我们也不惜委曲求全，意思即在祈求影印部分的能以尽量从速实现。想不到一九三七年八月十三日，上海战事发生了，不但影印之议，付之虚建，就是拍照之后陆续退回。"这里记载了先生为影印出版鲁迅手稿而做的艰苦努力，在条件极为困难的情况下，许先生仍然渴望"自然还是希望将来有影印的可能"。许广平先生深刻地认识到"影印"手稿的意义，并急切地渴望它的实现。

这是许广平先生的愿望，更是广大读者的愿望。这个愿望是在中华人民共和国成立以后才得以实现的。

（二）《鲁迅日记》

1951年中华人民共和国成立后，百废待兴时，冯雪峰先生组织编辑出版《鲁迅日记》的影印本。雪峰先生在《〈鲁迅日记〉影印出版说明》中说："我们影印出版这部日记，完全为的保存文献和供研究上的需要。我们认为这日记并非作者记录自己

的思想的作品，所以当我们新的国家财力还有困难的现在，不必把它当作大众的读物来大量地印行；不过，这是研究鲁迅的

最宝贵和最真实的史料之一，也是属于人民的重要文献之一，所以尽早地影印出版又是必要的，并且作为研究的材料，也是影印最能够免去铅印所可能有的排校上的错误。这样，我们首先就须尽量做到保存原来的面目。"这里饱含着先生对影印手稿出版的心愿。

这部《鲁迅日记》收录鲁迅1912年5月5日起至1936年10月18日全部日记，每年一本，应为25本，但第十一本，即1922年的一本，失落于日本帝国主义侵略中国时的1941年，所以现仅存24本。当时用的是橡皮版宣纸影印，分咖啡色封面和磁青色绫质封面两种，白绫签条。分为三函二十四册，最后一册版权页的上端右边有竖印"公历一九五一年四月至五月影印一千零五十部"。下端方框内竖印"著者鲁迅，出版者上海出版公司，上海四川中路三四六号，电话一七一二六"。

但此书出版仅两个月就售罄。雪峰先生在《再版说明》中写道："《鲁迅日记》影印初版一千零五十部，因为要求者过多，出版后就不够分配；同时又有不少读者来信，希望用次等纸出版廉价本，让他们也能够买到一部。根据这种情形，我们就同许广平先生及上海出版公司商量，决定再版。一、再印精装本二百部，纸张、封面、函套等都和初版的相同。二、另印毛边纸本一千八百部，用纸封面、布函套，分装两函。两种共再版二千部。"此书于1951年8月至9月由上海出版公司影印出版。

《鲁迅日记》的出版是在中国尚处于经济困难、人民生活并不富裕的情况下实现的，但出乎出版方的预料，社会需求很迫切。而后他们为满足读者的要求，不只决定再版，还考虑到一般读者的需求，多印简装本，使更多人买得起，并且仅用两个月的时间又加印了两千部。这种全心全意为读者服务的精神，在雪峰先生后记的记载中、在出版方的实际出版成果上完全显现，令人钦佩！

（三）《俟堂专文杂集》

1956 年北京鲁迅博物馆建馆以后，一些熟悉鲁迅的老先生提出，鲁迅的《俟堂专文杂集》1924 年已编就，但生前未能出版，希望博物馆能尽快安排出版。承担此项出版任务的是文物出版社，责任编辑是一位精通金石古籍的赵希敏先生。此书的《后记》是鲁迅的学生——常惠先生所写。全书分为五集，是鲁

迅从所收集的古砖拓本中选编的，计有汉魏六朝砖拓本 170 件，隋 2 件，唐 1 件。每集前均有鲁迅编写的详细目录，书名为鲁迅题写。在第一集目录后，有鲁迅写《题记》一则，记叙了他从八道湾搬出来时，周作人及其妻百般阻挠的情景。鲁迅 1924 年 6 月 11 日日记记有："下午往八道湾宅取书及什器，比进西厢，启孟及其妻突出骂詈殴打……然终取书、器而出。"落款并取"宴之敖"为笔名。（据许广平《欣慰的纪念》一文中所叙："先生说，我是被家里的日本女人逐出的。"）这在鲁迅一生中也是一件难忘的往事。所以作此《题记》并"聊集燹余，以为永念哉！"因此，书的出版意义就更不一般了。

当年文物出版社对此书的编辑极为认真，在编辑过程中，发现所编古砖拓本中原缺四五张，即有目无图，为了保持原样，未做添补。我以为这是对作者的尊重。此书于 1960 年 3 月出版，仅印了 500 部，出版后很快就销售一空。

直至 56 年后的 2016 年，鲁迅博物馆编的《鲁迅藏拓本全集·砖文卷》由西泠印社出版，《俟堂专文杂集》才得以再次面世。使人感到遗憾的是，此《砖文卷》虽收了《俟堂专文杂集》，但该书的原貌已不见，只能作为一份《俟堂专文杂集》的资料向人们展示。此部书鲁迅原已编就，并将砖拓贴分为五集，每集前面都编排了目录，并亲自题写了书名和《题记》，是一部完整的书。而今在《砖文卷》中，却将鲁迅编在每集前面的目录共十页手稿剔出，另编为附录（二），与原拓本分开。《砖文卷》中所列《俟堂专文杂集》拓本图录已与鲁迅原《俟堂专文杂集》拓本图录不同，因为已补齐原缺，改正了鲁迅的误植（即《出版说明》中所说"讹误"）。本人以为如此处理不妥，应保持原作。"补"和"改"应另立，并应在《砖文卷》的目录上加注说明，这才是对原作的尊重。

（四）《鲁迅诗稿》

影印出版鲁迅的诗稿，这在鲁迅手稿出版史上也是一个创举。1956 年上海鲁迅纪念馆建馆后，陈毅同志在参观鲁迅生平陈列时，对展出的鲁迅诗稿颇为欣赏，他对该馆的同志说："你们应该将鲁迅诗稿收集起来，编成诗集。"在陈毅同志的启迪下，上海鲁迅纪念馆的同志着手搜集鲁迅的诗稿，并请陈毅为此诗稿题签。陈毅在接到请题字的公文当天，虽然公务繁忙，仍抽出时间在上海纪念馆的信笺上挥毫书写"鲁迅诗稿 陈毅题"七字，并钤上

"陈毅"朱文印章。

收集鲁迅诗稿是有许多困难的。因为鲁迅当年书写的诗幅多为书赠友人的，而今分藏于各处，藏于上海鲁迅纪念馆和北京鲁迅博物馆的有，藏于个人手中的也不少。上海鲁迅纪念馆的朱嘉栋先生就曾为收集鲁迅诗稿而不畏辛劳地四处奔波。当年他来到北京鲁迅博物馆，曾向当时的馆领导表示上海馆要编鲁迅诗稿出版，请他提供馆藏鲁迅诗稿。那位馆领导并不支持，甚至对他有些刁难，迟迟不让我们提供。朱嘉栋先生就耐心等待。这位领导在没有理由再拖下去的情况下，只得提供给他了。从个人手中征集鲁迅诗稿也并非容易的事。据我所知，杨霁云先生就曾表示他藏有鲁迅书赠的诗稿字幅，但朱嘉栋先生多次前往拜访，杨先生始终未提供。虽然困难重重，但上海鲁迅纪念馆在1961年纪念鲁迅80周年诞辰时，终于将它编辑完成，由上海人民美术出版社出版，即第一版《鲁迅诗稿》，分线装本与普及本。线装本封面的洒金纸签条，由陈毅题写，书内有1960年5月8日郭沫若先生为该诗集写的《序言》，对鲁迅诗稿做了高度评价。

这部《鲁迅诗稿》收入鲁迅诗稿40题45首；录古诗16幅，辑为附录。因受当时形势的制约，所收的诗稿除《自嘲》《答客诮》《悼杨铨》《亥年残秋偶作》等少数诗幅按原貌影印外，多数删去被赠者的姓名，还有的因征集不到题赠的诗幅，只得从鲁迅日记中录出鲁迅原记录的诗句。从1959年到1991年的30余年间，上海鲁迅纪念馆对鲁迅诗稿进行多方面的搜集，百般努力，并在对外文委林林先生与日本友人增田涉先生的帮助下，征得日本友人珍藏的鲁迅诗幅原件照片近十张，因而逐渐完善了这部《鲁迅诗稿》。1991年，为纪念鲁迅110周年诞辰，上海人民美术出版社出版了新版《鲁迅诗稿》，收入鲁迅诗稿46题50首（包括新诗6首）64幅；录古诗27幅，辑为附录。装帧精美，亦分线装与平装，形式考究，清新雅致，别具一格。1998年再版。

《鲁迅诗稿》前后共出版了 12 版次，1991 年版为收集鲁迅诗稿最全的一版，真正展现鲁迅诗稿影印出版的盛况。

（五）《鲁迅手稿选集》

鲁迅文稿的影印是这样开始的：

北京鲁迅博物馆建馆后，经常接到观众来信，希望能看看鲁迅的文稿。正如《鲁迅手稿选集〈编者的话〉》中所写的："近年来，很多单位及不少知识青年向我馆多次提出要

看鲁迅手稿，了解鲁迅是怎样创作和修改文章的，以便从中得到教益。而鲁迅生前在教导青年如何写作的时候，也提到应从一些大作家手稿中去寻找写作经验。"《编者的话》又写道："但鲁迅手稿既作为珍贵文物保存起来，如果多次翻阅，必使手稿受到严重损害。为了满足社会上的这种需要，我们选了这部分手稿影印出版。"

《鲁迅手稿选集》1960 年 9 月由文物出版社出版，时任文化部部长齐燕铭为该书题签。书中收入 1926 年 9 月至 1936 年 9 月鲁迅文稿 16 篇，其中有：《鲁迅自传》《从百草园到三味书屋》和《藤野先生》以及 1936 年 9 月 5 日写的《死》。《鲁迅手稿选集》分甲、乙两种装帧。甲种本蓝绸面、玉扣纸、线装、白丝线装订、包角，乙种本分绿色和土黄色，纸封面，印上线装图案，实为简装。该书由时任鲁迅博物馆副馆长弓濯之和杨宇主编，我只是具体工作的人员，从事选材到提取文物送制版厂照相等工作。

当时文物出版社为降低出版成本，采取的是锌版套色印刷。他们联系的是一家北京当时比较大的联合制版厂。由制版厂制成分色的锌版，经过修版，再送到出版社去印刷。从当时条件考虑，此书印制的质量能达到这种水平已经很难得了，因而受到广大读者的欢迎。博物馆纷纷接到读者来信，要求再出版一些鲁迅文稿，这样就有《鲁迅手稿选集续编》《鲁迅手稿选集三编》《鲁迅手稿选集四编》的出版。

《鲁迅手稿选集续编》于 1963 年 8 月由文物出版社出版，茅盾先生为该书题签，书中收入 1926 年 5 月至 1936 年 10 月鲁迅的文稿 14 篇。其中有一篇《阿金》是被国民党检查人员验证后不准刊登的，并在手稿上画上红线，鲁迅则在付印的手稿上划上黑线，以示抗议。此外还收入当年一位有心人顾家干先生藏在地板下保存下来的鲁迅手稿《天上地下》。由于地板下潮湿，手稿上有霉点，因而此稿上有缺字，但可贵的是此手稿比已发表的该文多一小段，即 1931 年 5 月 19 日在《申报·自由谈》上发表该文后，鲁迅又于当日补写的一段，并署"十九夜补记"的手稿。此书的装帧与《鲁迅手稿选集》相同。

《鲁迅手稿选集三编》1973 年 4 月文物出版社出版，收入 1926 年 11 月至 1936 年 10 月鲁迅杂文文稿 29 篇。

《鲁迅手稿选集四编》1974 年 8 月文物出版社出版，收入 1932 年至 1936 年鲁迅文稿 24 篇，均为后期杂文，其中最末一篇《当我加入自由大同盟时》一篇系中华人民共和国成立后从鲁迅遗物中发现的、未发表的佚文。

《鲁迅手稿选集三编》和《鲁迅手稿选集四编》的书名题签为何人所书，已不可考。似乎记得出版社的编辑同志曾告诉过我，是请社里的一位书法高手所书。

我还清楚记得当年为将鲁迅手稿送去拍照的一些往事。我与许羡苏先生师徒二人，每天护着一个装着鲁迅手稿的小皮箱，从阜成门——北京鲁迅博物馆，走一站路到白塔寺，挤上 7 路公共汽车到新文化街，换乘 10 路公共汽车到佟麟阁路下车，到联合制版厂为鲁迅手稿拍照。到制版厂照相要服从他们的安排，让我们什么时间去，我们必须提前在那里等着，有时照完手稿以后，就过了下班的时间，我们又必须挤着公共汽车回单位，点清手稿无误，将其入库。这个制版厂虽然是当年北京市比较大的制版厂，但设备还是很简陋，厂房光线不好，他们用的是大块玻璃板，为了清洗照相版，车间里到处都是水。在这种环境下为鲁迅手稿照相，我们的精神也是很紧张的。按制版厂的安排，四五十张鲁迅手稿要照一个多星期。如果遇见他们修版修掉了字，我们还必须将手稿再送去补照。最让我们感到麻烦的是：有一次在照鲁迅手稿的过程中，突然赶上白塔寺到太平桥一段公路修路，不通车，而制版厂又不同意我们延期。我与 60 多岁的许羡苏先生，只得每天抱着那个装着鲁迅手稿的小皮箱行走三四站，再倒车到制版厂。但是为了完成鲁迅手稿的拍摄工作，我们都坚持下来了，没有任何怨言。特别是许羡苏先生总是精神饱满地工作着，令人钦佩！

（六）《鲁迅〈阿 Q 正传〉日译本注释手稿》

1975 年 7 月 5 日香港《文汇报》、7 月 10 日香港《大公报》和 7 月 13 日内地《参考消息》（当时是内部发行的）均登有日本《读卖新闻》6 月 28 日刊登的一条消息报道："日本发现《阿 Q 正传》日译本鲁迅亲笔注解。"事情经过是这样的：早在 1931 年 2 月，日文《阿 Q 正传》的译者山

上正义将他的译稿寄给鲁迅校阅，四天后鲁迅用日文复函并写了85条注释供译者参考。对此鲁迅在 1931 年 2 月 27 日和 3 月 3 日的日记上记有："二十七日晴……得山上正义信并《阿 Q 正传》日本文译稿一本"；"三日雨，午后校山上正义所译《阿 Q 正传》讫，即以还之，并附一笺。"山上正义曾从事日本左翼文学活动，1926 年 10 月以日本新闻联合通讯社社长的身份到广州与鲁迅联系。他所译的日文《阿 Q 正传》一书以林守仁的笔名，由东京四六书院出版。山上正义于 1938 年病逝。1975 年东京大学教授丸上昇得知山上正义的长子山上晃一在富士电视台工作，便去横滨访问。山上正义的妻子山上俊子拿出她保存 44 年的鲁迅亲笔写的《阿 Q 正传》85 条注释。这一发现在日本引起轰动。日本友人增田涉先生通过日中文化交流协会，将这份珍贵的手稿复制本送交我国。1975 年 12 月文物出版社将其影印出版，并附李芒先生翻译的汉文译本。

（七）《鲁迅手稿全集》

1975 年 10 月 28 日，周海婴上书毛泽东主席，就鲁迅书信的出版、鲁迅研究工作的进行等问题向毛泽东主席做了汇报与请示。周海婴上书毛泽东主席信的主要内容是：建议"将一九五八年

下放北京市文化局的鲁迅博物馆重新划归文物局领导，在该馆增设鲁迅研究室，调集对鲁迅研究有相当基础的必要人员，并请一些对鲁迅生平了解的老同志做顾问，除和出版局共同负责鲁迅全

集的注释外，专门负责鲁迅传记和年谱的编写工作，争取一九八一年鲁迅诞辰一百周年时能把上述几种（即全集注释本、年谱、传记）以及全部鲁迅手稿影印本出齐"。三天后（即 1975 年 11 月 1 日），毛主席对周海婴的信做了重要批示："我赞成周海婴同志的意见，请将周信印发政治局，并讨论一次，作出决定，立即实行。"1975 年 12 月 16 日，国家文物局就落实批示问题向中央办公厅做了报告。根据毛主席的指示，国家文物局组织北京鲁迅博物馆和文物出版社成立了《鲁迅手稿全集》编辑委员会。具体执行编辑任务的是北京鲁迅博物馆鲁迅研究室以吕福堂为组长的手稿组，和文物出版社以韩仲民为主任的革命文物编辑组。1976 年 2 月 21 日，编辑委员会拟定的"《鲁迅手稿全集》编辑出版计划（草案）"提出，"遵照毛主席、党中央已批准的国家文物局、国家出版局报告中规定的原则，《鲁迅手稿全集》均系手稿影印，不加注释"，"各类手稿原则上分类按写作年代或时间顺序编次。其中经鲁迅生前编入文集者，按原文集的顺序编次"，定书名为"鲁迅手稿全集（简称手稿全集）。全集收入现存全部鲁迅手稿，1981 年鲁迅诞辰一百周年时出齐"，"此外译文和古佚书、古诗文、古碑的辑录手稿，准备于 1981 年后陆续出版"，"编辑工作应以书信、杂文为重点，尽早发稿。为此，书信和《两地书》，拟在今年内发稿；杂文、日记拟于 1977 年底陆续发稿；小说、诗稿和《汉文学史纲要》三种的发稿工作则在此期间穿插进行，在 1978 年全部发齐"，分甲、乙、丙三种版本，"甲种本：宣纸珂罗版（套色）印刷，函套线装，成书尺寸 325×220 毫米。题签上印书名（拟集魏碑）"，"乙种本：玉扣纸锌版（套色）"，"丙种本 60 克超级压光凸版纸锌版、胶版或凹版印刷，少数彩色插页，锁线平装带勒口"，全书分八函（即文稿二函、书信三函、日记三函）。这是《鲁迅手稿全集》出版的一个初步设想的计划，但在实际的操作中，情况就有很大的改变。

《鲁迅手稿全集》的出版是中国出版史上的创举，当时作为全国出版工作的重点，得到全国各行各业的全力支持。首先在鲁迅手稿的收集上，全国五个鲁迅手稿的收藏单位：北京图书馆（现中国国家图书馆）、北京鲁迅博物馆，上海、绍兴、广州的鲁迅纪念馆，均全力提供鲁迅藏品照相，一些个人收藏者和在"文革"中新发现的鲁迅手稿也都以各种形式提供原件照相，汇集到文物出版社编辑室。正如，《鲁迅手稿全集〈出版说明〉》所述："本书编辑过程中新发现的书信有五十九封，其中一九〇四年致蒋抑卮信，即所谓仙台书简，是目前发现的鲁迅最早的一封信，致蔡元培的六封，致江绍原的七封，致曹聚仁的一封，致陈此生的一封，都是本人珍藏或家属捐赠的。致茅盾的九封信，是粉碎'四人帮'以后，根据上海某厂技术员提供的线索，从姚文元处追查回来的。……致欧阳山、草明的两封，致周作人的八封，则是从有关单位的材料中发现。（实际致周作人的八封信，则是从周作人被抄家的书信中发现的——笔者注。）有些手稿是外国友人提供的，例如捷克汉学家普实克将珍藏几十年的鲁迅为他所翻译的《呐喊》捷克文译本写的序言和两封信的手稿捐赠给我国。致增田涉的五十八封信，是增田涉生前通过日中文化交流协会向我国提供照片。""在美国，还发现鲁迅和茅盾致伊罗生的几封信，是由哈佛大学燕京学社图书馆提供的复印件。"为了尽可能将鲁迅手稿收全，革命文物编辑组主任韩仲民先生还想尽办法，从旧报纸、旧书刊上寻找失去原件的鲁迅手迹照片。从当时的历史情况来看，这部《鲁迅手稿全集》收录的鲁迅文稿、书信手稿是比较"全"的。

　　在掌握鲁迅手稿的全面情况以后，编辑委员会面临的最大的问题就是《鲁迅手稿全集》如何编。1977年2月11日召开了编辑会议，据参加会议的王得后、盛永华、陈漱渝几位先生回忆，在会议上争论最激烈的就是关于鲁迅致许广平的书信如何收入，一是其中未发表的七封信收不收，二是鲁迅致许广平的原信收不收。关于鲁迅致许广平的未发表的七封信，许广平先生在世时曾表示她生前请不要发表。李何林先生认为应尊重许先生的意见，还是不要发表；从事出版工作的同志认为已有《两地书》原稿了，鲁迅致许广平的原信再收就重复了等等分歧。后来经过反复的讨论，大家取得一致意见，即未发表的七封信，许先生只是说她生前不要发表，但并未表示以后不能发表。关于鲁迅致许广平的原信，在收入《两地书》时鲁迅做了许多的修改，两者不能等同起来。与会者对此取得了一致的意见。因而在《鲁迅手稿全集》中不只收入了未发表鲁迅致许广平的七封信，还在书信中又加入鲁迅致许广平的原信。正如《鲁迅手稿全集〈出版说明〉》中所述："鲁迅致许广平信共七十八封。一九三二年鲁迅编《两地书》时，只收了六十七封半，而且根据当时的情况，作了一些增删修改，重新抄定。本书不仅收入经过鲁迅修改并重新抄定的《两地书》文稿，而且将原信包括未收入《两地书》的十封半（这之中包括未发表的七封信，另有当时未编入两地书中的三封半信——笔者注），全部按写信的日期编入书信部分。"这一讨论的成果，致使人民文学出版社编辑出版的 2005 年版《鲁迅全集》在编辑上做了重大调整，采纳了这一编辑原则。

在这次编辑工作会议上，讨论修改了 1976 年 2 月和 6 月制订的出版计划，制订了《〈鲁迅手稿全集〉编辑出版计划修订意见》，修订意见中，（一）否定了原来按杂文、小说、诗歌、散文、专著、书信、日记七类进行编辑的方法。以尊重鲁迅生前编定集子的原则，决定将全书分作文稿、书信、日记三个部分，文稿参照《鲁迅全集》（铅印本）编定的次序编排（即使文稿手稿仅有一页残稿，亦按集子编入）。（二）"原计划线装本分装八函，现根据手稿实有页数，改为六函，即文稿两函、书信两函、日记两函"，"每函约八至十二册，每册五十至八十页"；

（三）"手稿全集线装本六函均印三百部，配套发行。为了便于不同读者需要，另印行诗稿、书信手稿等单行本"等等。这就是《鲁迅手稿全集》出版计划的最后定稿，尔后即按此计划实施。

为了落实此计划，高质量出版好这部《鲁迅手稿全集》，关键是做好每件手稿的拍摄和印制工作。对此我曾采访了一些当年参加此项工作的老同志、老师傅。他们谈到当年王冶秋局长在传达毛主席的批文时说道，要用最好的摄影设备和最先进的印刷技术，以最高的制作工艺来完成这部《鲁迅手稿全集》的出版工作。担任拍摄工作的孙之常师傅对此项工作记忆犹新。他说，王冶秋召开的传达会议散会后，高履芳社长就亲自找到他，指派他和周永昭、李贺仲成立摄影小组，他担任摄制组的组长（因为他是最年轻、技术最好的一位——笔者注）。孙之常师傅说《鲁迅手稿全集》要进行珂罗版精印，所以对鲁迅手稿照相的技术要求很高。原定三种版本，就要拍三套不同的照片。对每页手稿除了分色照相，还要求忠实于原稿，常常是一页手稿要拍多张照片。特别是彩色书信，一种颜色拍一张，并要对比原稿，专门调色，技术难度很高。他每天早上七点上班。当时那部分书信手稿存中央档案馆，每天有专车送到故宫内的文物出版社，早上八点送来下午四点再送回。孙师傅等负责摄影的同志，要工作到晚上七点多才可以把当天照的片子处理好。这部分书信（计有1500余页——笔者注）就拍了半年多。

珂罗版印制是此书出版的一大工程。珂罗版是中国传统工艺，工序极其复杂，一种颜色要制一个版，套色印刷，工艺要求严格。当时文物出版社集合了全国最雄厚的出版技术能手，除文物出版社原有几位师傅外，还从上海调来老技师，从人民美术出版社、新华印刷厂、北京琉璃厂等单位调来顶级的制版师傅。他们是戴常宝、张德文、王福涛、尚春科、徐锦荣、王家骧等20余人。制版的彩色原料用的是中国最好的矿物原料，可以保证印制色彩稳定不褪色。珂罗版也有修版的工序，修版的高级技师就是周永昭师傅。就是这样一批国家顶级的师傅，从1976年2月至1986年10月历时近十年，以高水平高质量的成绩完成了这部《鲁迅手稿全集》的出版任务。全书计有鲁迅文稿2函16册，收文稿301篇；书信2函20册，收书信1389封；日记2函24册，收24年日记，总计影印鲁迅手稿近七千页。这是鲁迅手稿影印的创举，堪称鲁迅手稿影印出版史上的里程碑。

在1985年《鲁迅手稿全集》的《出版说明》中原计划就定有出版辑录和译文两部分，又写明"考虑到书信手稿大都没有发表过，读者要求比较迫切，所以决定先从中间的第三、四两函书信部分出起，并且根据实际情况，先出文稿、书信、日记三个部分，辑录和译文手稿以后续编"。虽然在《出版说明》中列有"辑录部分"和"译文部分"，实际在当年编制《鲁迅手稿全集》的"计划"中从一开始就写明"鲁迅的译文和古佚书、古诗文、古碑的辑录手迹，准备于1981年后陆续出版"，但从未有过具体安排。特别是在1986年将上述三部分手稿出齐以后也没有再谈"陆续编印"的问题。

这是为什么呢？据我所知影印出版鲁迅文稿二函、鲁迅书信二函、鲁迅日记二函这三部分，对于当时的文物出版社来说，已经是一个沉重的负担了，甚至于已不堪重负了。他们已经没有能力再出版下去了。首先是资金短缺，原定文稿、书信、日记三部分手稿出齐以后再印简装本，结果只有书信、日记印了简装本，而文稿就未能出版简装本，对此当年从事编辑的同志也感到非常遗憾。其次就是人员的变迁，在这十年间，参加编辑的陈正达先生、韩仲民先生先后去世，白浪、王永芳等资深的编辑也都到了退休年龄。因此这部文物出版社出版的《鲁迅手稿全集》就此完成了它的历史任务。

（八）《鲁迅著作手稿全集》出版始末

1999 年，我曾主编一套《鲁迅著作手稿全集》，由福建教育出版社（以下简称"福教社"）出版，线装影印本，共十二卷，收入当时世存的所有鲁迅文稿。此书编辑出版的背后，有着许多有趣的故事。

北京的鲁迅研究界曾有"三鲁"之称，即位于东面建国门外的中国社科院鲁迅研究室、位于朝阳门内的人民文学出版社的鲁编室和位于阜成门

内鲁迅博物馆的鲁迅研究室。在北京较著名的研究鲁迅及中国现代文学专业的大学，主要是北京大学中文系、北京师范大学中文系和清华大学中文系等。鲁迅博物馆因有特殊的藏品环境、鲁迅研究室和一个重要鲁迅研究核心期刊——《鲁迅研究月刊》，所以国内外的学者召开关于鲁迅研究、纪念等会议多在鲁博举行。那时孙郁还在北京日报社，林凯在光明日报社，他们经常到鲁迅博物馆参与学术活动。1993 年时，由馆里委派我在馆内办了一个鲁博书屋，主要经销鲁迅及中国现代文学的著作及其研究著作，同时也为观众提供一些文创产品的服务。当时有很多研究鲁迅的学者出版的书都由我帮助销售。

1998 年起，我开始编辑出版一些适合市场需求的鲁迅著作的书。我注意到 1978—1986 年文物出版社出版过一套《鲁迅手稿全集》线装本，但印数极少，市场上根本见不到。之后有十多年的时间，几乎没有出版过鲁迅手稿的书，很多学者到书店都要问有

没有鲁迅手稿卖。于是我开始尝试编选鲁迅手稿集。我从书法审美角度选了鲁迅的诗稿、文稿、书信、文钞共四卷，编了一套《鲁迅墨宝真迹》，由学苑出版社出版，线装，销得很不错。紧接着又动手编辑一套《鲁迅著作手稿全集》，而鼓励我编这书并提供帮助的有王得后、钱理群、王富仁等先生，并得到周海婴先生的支持。热情的林凯是将这书介绍给出版社的大媒人，他一下推荐了两个出版社。

河南人民出版社的两位老编辑找上门来谈，了解书的编辑情况。两位老编辑稳重细心，但明显眼中放光，认为这确是一个极好的选题。临走时表示回社里汇报，经过研究确定下来便可做。次日，林凯又陪同一位壮年的先生来谈。林凯介绍说这位名黄旭，福教社老总。此人粗犷中带着几分文气，看上去朴实仁厚，语言不多却都是行家之言。一进门他便打开自带的一个公事包，拿出了两份合同和一厚叠人民币，说是这选题太好了，我们决定出版。我谈了我的想法，要求用宣纸影印，线装，不要编辑费，只要一部分书销售。他说可以，合同立签，先预付启动费。我没有收那钱，合同当时就签了，因为书屋空间狭小，谈是站着谈的，合同也是站着签的。过了几天，河南人民出版社的两位老编辑又来了，知道情况后表示非常遗憾，说，我们做了一辈子编辑，就想有这样的一套自己编辑的大著作，放在我们自己的书架上。这事让我内心也感到几分愧疚。后来每与黄旭谈起此事，他脸上总是漾着几分得意。

黄旭确是一位极具出版眼光的出版家。教育社本是以做教材与教辅为自己的看家菜，他把眼光扩展到学术领域，广泛结识著名学者，引来高质量的选题。做鲁迅作品成体系的出版社，人民文学出版社当然是老大，福州地处边远小城，能做出名气来吗？黄旭做到了，体现了一位出版家的胆与识。从那时起，他便大量出版鲁迅作品、鲁迅研究及现代学人的著作如"木犁书系""民国书系"等。

　　《鲁迅著作手稿全集》的编辑过程中，得到了王得后先生的悉心指导。他还亲自带我到启功先生家中，请启先生为本书题签。启先生欣然应允，题写了数条，盖好印章供我们挑选。那时启先生眼疾已经很重了，比如"著"字下面的"日"，中间一小横都写到字的外面，后来出版社用电脑 PS 到了里面，尽管如此，题签仍然体现了学人书法的非凡功力，使书的装帧大为增色。《鲁迅著作手稿全集》获得了福建出版的省优。那书线装，是在浙江萧山古籍印刷厂印制的，印了两千套，一下子被一个书商包走了一千套。黄旭说，那是他第一次出版线装书。接着，我又在李允经先生的顾问下编辑出版了《中国萌芽木刻集》，也是宣纸线装，印制极为精美，此书获得了 2000 年度国家图书奖。

　　黄旭经常来北京，开会、见作者、搜寻出版选题，我们的交往也多起来，通过我与鲁博结交了很多鲁迅研究界的学者。我编的《丰子恺漫画小说集》《鲁迅评点古今人物》《鲁迅评点中外名著》都是在福教社出版的。2002 年影印出版了由本馆编辑的《钱玄同日记》十二卷。这套日记手稿有 70 多本藏于鲁博，30 多本藏于钱家。应该说，这是空前绝后的功绩，为学术研究提供了稀见的一手文本。2003 年，孙郁到鲁迅博物馆任副馆长，黄旭到鲁博拜访，代表出版社对《鲁迅研究月刊》提供了慷慨的资助，与学术界交谊更加广泛。2006 年，黄旭提出要编辑一套鲁研界学人的丛书，我们商定为"而已丛书"，第一批收入了朱正、王得后、王富仁、钱理群、李允经、张杰、周楠本、韦力和我的共九种书籍。同年，我又与陈漱渝先生共同编辑了《编年体鲁迅著作全集》（插图本）（全八册）。日本学者黄英哲藏有许寿裳的大量遗稿，在陈漱渝先生的带领下，我们整理编辑了《许寿裳日记》由福教社出版，《许寿裳遗稿》也由福教社出版，并通过福教社对福建闽台园博物馆进行了捐献，举办了许寿裳的展览。2008 年，在周楠本的建议下，我们策划出版了一套《鲁迅译文全集》，由鲁迅博物馆 8 位研究人员，对鲁迅全部译文进行校勘、编辑，由福教社出版，这套书也获得了中国图书奖的提名奖。至此，福教社出版的鲁迅著作、译文、研究方面的书籍已经蔚为大观。

限于当时的条件，《鲁迅著作手稿全集》的出版，还存在很多不足，比如所用底本，由于不能使用鲁迅原稿，就选自作 1978—1986 年文物出版社的珂罗版影印本，印刷的清晰度就大打折扣。而它的功绩在于使大众读者能一睹鲁迅手稿的真容，为很多研究者提供了使用的可能。2000 套书很快售完，说明了大众对鲁迅手稿的饥渴程度，填补了近 20 年鲁迅手稿难觅之憾事。这套书也受到收藏家的青睐，由于印数少，近两年竟出现在拍卖会上。所幸，由国家图书馆、北京鲁迅博物馆、上海鲁迅纪念馆等单位共同编辑的《鲁迅手稿全集》即将出版，将以当今存世最全的手稿影印面世，将成为鲁迅手稿出版史上终极之作。

注：特请萧振鸣先生补写此章并配图。

（九）《鲁迅辑校古籍手稿》《鲁迅辑校石刻手稿》 《鲁迅重订〈寰宇贞石图〉》

1984 年，在全国政协六届二次会议上，唐弢、宋振庭、单士元、严文井、邵宇、姜椿芳共同提出，为纪念鲁迅逝世 50 周年（1986 年），建议影印出版鲁迅收藏的汉魏六朝碑刻、造像、墓志及亲笔抄校的古籍，以推进学术研究，发扬民族艺术，提倡严谨学风，宣传爱国主义（即 434 号提案）。

为落实此提案，在国家文物局的安排下，北京鲁迅博物馆与上海鲁迅纪念馆，联系上海人民美术出版社，成立了领导小组，于 1984 年 5 月 21 日拟编了首份《关于编辑影印出版鲁迅辑录古籍、金石编著、碑录、金石拓片计划（草案）》，出版内容拟包括五类：一、古籍手稿，二、金石编著手稿，三、抄录碑文手稿，四、其他有研究价值的手稿，五、金石拓片等，总计 4121 种，手稿 5082 页，并规定用珂罗版彩色影印、线装。以先易后难的进度从 1986 年起陆续出版，五年出齐。

由于拟影印出版手稿的数量很大、种类多、时间紧，主持此项工作的上海文管会主任方行先生认为一家出版社难以承担。为此方行先生和上海几家出版社联系，并与上海市出版局协商。1984 年 7 月 7 日上海市出版局党委书记宋原放主持召开讨论会。经研究商定：

①汉画像、六朝造像、汉砖交上海人民美术出版社出版。

②鲁迅收藏的古碑交上海书画出版社出版。

③鲁迅校勘辑录的古籍及校的碑均交上海古籍出版社出版。

并写明因数量甚多，要三社确保在鲁迅逝世 50 周年时先各出若干种，余者希望于两三年内出齐。

为具体落实政协 434 号提案的答复，1985 年 1 月 28 日至 31 日，由国家文物局邀请京沪专家启功、唐弢、林辰，上海文管会方行，上海文化局姚庆雄，上海人民美术出版社杨可扬、袁春荣，上海书画出版社沈培方、乐心龙，上海古籍出版社刘哲民、徐小蛮，上海鲁迅纪念馆凌月麟，北京鲁迅博物馆邹青、王得后、陈漱渝、李允经、赵淑英、叶淑穗等人，在北京召开座谈会，商讨影印出版鲁迅辑录古籍手稿及收藏古代刻石事宜，会议由文物局谢辰生和上海文管会方行共同主持。会议就下列问题取得一致意见，并形成会议《纪要》：

一、以北京鲁迅博物馆和上海鲁迅纪念馆名义编辑，由两馆委派专人组成人少、实干的编辑组，在顾问的指导下进行编辑工作。

二、聘请方行、启功、杨仁凯、林辰、唐弢、顾廷龙、谢辰生、谢稚柳（按姓氏笔划为序）八位专家为顾问。顾问们按门类负责指导编辑出版工作。

三、上海人民美术出版社负责影印出版鲁迅收藏的画像、造像（主要指图像）和已编就的《六朝造像目录》《唐造像目录》等手稿。

上海书画出版社负责影印出版鲁迅重编的《寰宇贞石图》《六朝墓志目录》等金石专著和经鲁迅批校的亲笔碑录以及部分经鲁迅批注印的碑刻、墓志、砖、瓦、镜、币等拓片。

上海古籍出版社负责影印鲁迅辑录、校订、手录的各种古籍手稿。

四、在1986年8月底各出版若干种，以纪念鲁迅逝世50周年，力争5年出齐。

书名一律用鲁迅亲笔。各部书籍一律不另撰序，加技术性的《出版说明》，除写明两馆编外，概不署名等等，还有经费开支及照相等规定。

还写明"为了支持出版，减少出版社经济负担，鲁迅博物馆按七五折订购纪念本100部，平装本100部，上海鲁迅纪念馆按七五折订购纪念本30部，平装本170部"等等，均做了详细的规定。

这份《纪要》在实际操作中却出现了对具体问题处理的分歧。主要对此次影印鲁迅手稿的种类与数量的分歧。一种意见是以方行先生为代表的要多出，即"一网打尽"；以谢辰生、启功和顾廷龙、林辰等老先生的意见是选择有代表性的出。谢老在会上表示，"所说的一网打尽，说的是决心，并非不加区别的什么都印"；顾老则说，"编印鲁迅的东西一定要严肃认真"，不要"示人以朴"；林辰先生则表示，"我们这次要印的只是辑录、校勘和手抄的古籍。前两项是应全部收入，至于抄写的一项，我以为选印比较完整（成部的），而书法又极精美的一部分即可"。关于辑录古籍收什么不收什么，原《纪要》中对辑录古籍中的辑校和抄录稿的收录意向有不同看法等。

1986 年 4 月 16 日和 7 月 22 日，在上海召开了有顾廷龙、谢雅柳、方行、谢辰生等参加的两次顾问会议上，经顾问们反复研究确定，对鲁迅辑录校勘的古籍手稿仅仅是"录"的就基本不收。如《易林》、"台州丛书"中的《石屏集》等等均不收。还具体研究了收录项目，确定：

一、鲁迅抄校碑刻等 1700 余页手稿，将分为三部分编辑出版，即①碑铭约 700 余页；②造象约 600 余页；③墓志约 400 余页及"碑文补正"（暂名）86 页；总书名为《鲁迅辑校石刻手稿》。

二、《鲁迅辑录古籍手稿》的书名，将"辑录"改为"辑校"，等等。

在这两次会议上对于《鲁迅辑校古籍手稿》和《鲁迅辑校石刻手稿》以及鲁迅重订《寰宇贞石图》的编辑出版问题均做了定夺。

为鲁迅手稿拍照制版还有一段值得记叙的事情。鲁迅的录碑及抄校的古籍大部分均存北京图书馆（今国家图书馆），当时必须办理各级批准的函件，才可以借出。为了保证拍摄的质量又必须找到制版技术高的单位。当时就找到通县（今通州区，下同）大中制版厂和台湖制版厂，一家专拍彩色版，一家专拍摄黑白版。通县离市区很远，当时的公路还没有完全修好，车子走起来非常颠簸，行走艰难，因而不能将手稿当日拍完当日还。而且要拍摄的手稿数量很大，单位只得分组分批进驻通县这两个厂。每组至少派两位以上的同志，守护鲁迅手稿一刻也不能松懈，吃住在那两个厂子里。当时这个厂子条件并不好，只有几排小平房，但技术很好。负责拍摄鲁迅录碑（1700 余页）的师傅，好像是姓刘，他是周恩来总理曾经接见过的高级技师，为拍摄这些手稿照片他一天要工作十几个小时，很辛苦。手稿照片快拍完的前两天他告诉我，他总觉着胸闷，喉咙总感到堵得很。说晚上睡觉总做梦，似乎有很多的人或鬼在拉扯他。我不懂医，但直觉感到他可能有心梗的前兆，因此多次劝他赶快去医院。但这位师傅坚持要先把这批照片拍完。等手稿照片拍完的那一天，单位来车接我们回去。我想请师傅和我们一起走，把他送医院，但到处找不到他。问那里的同志，他们告诉我们，是他的孩子把他接走了，送县医院去了。我们回到单位不久，就传来这位师傅因心脏病医治无效而去世的消息。我们感到既震惊又痛心，为失去这样一位对工作无比尽职尽责的老师傅而感到十分悲痛，由衷地感激他为出好这部书而献出自己最后的精力。

《鲁迅辑校石刻手稿》《鲁迅辑校古籍手稿》《鲁迅重订〈寰宇贞石图〉》三部书终于出版了。

《鲁迅辑校石刻手稿》于 1987 年 7 月由上海书画出版社出版，共三函十八册，第一函为碑铭七册，第二函为造像六册，第三函为墓志和校文五册。此为鲁迅 1915 年至 1919 年搜集两汉至隋唐的石刻拓本，并进行辑录和校勘，共计 790 余种。对石刻原文均依碑文字体摹写，对有些损泐处，间作校补。在碑文之后附有辑录宋明以来金石著录及方志上的有关资料，间有眉批、夹注及标有"树案"的案语多处。"校文"则是鲁迅以石刻拓本94种，与王昶《金石萃编》、翁方纲《两汉金石记》、陆增祥《八琼室金石补正》等书所录的碑文进行校勘所做的校文，存手稿99页。

《寰宇贞石图》原为清末学者杨守敬编著。1882年初版问世。1915年8月3日鲁迅由北京琉璃厂敦古谊帖店购得散叶一份57枚。鲁迅在《寰宇贞石图》整理后记中写道："乙卯春得于京师，大小四十余纸，又目录三纸，极草率。后见它本，又颇有出入，其目录亦时时改刻，莫可究竟。……审碑额阴侧，往往不具，又时杂翻刻本，殊不足凭信。"鲁迅将其重订，"略加次弟，贴为五册"。全书收拓本232种，有鲁迅编辑的目录16页，于1916年1月编讫。生前未出版，此书稿原存于鲁迅旧居八道湾，1924年6月11日鲁迅离开八道湾时未取出。此后周作人曾将此稿赠送江绍原先生。1961年10月江绍原先生将此书稿通过许广平先生捐献给国家。在王永昌先生（许广平的秘书）的回忆文章中曾写道："江绍原先生献出鲁迅所辑录《寰宇贞石图》及其序文，景宋先生邀王冶秋同志共同出面，在北海仿膳请他吃饭，以示谢忱。"这是在我国三年困难时期，为捐赠者所给予的盛宴。1962年北京鲁迅博物馆曾拟付印这部《寰宇贞石图》，并请郭沫若先生为此书作序，但出版之事，亦未如愿。

《鲁迅辑校古籍手稿》1986年6月—1993年3月由上海古籍出版社出版，共六函，收鲁迅辑录古籍58种。主要有《嵇康集》《唐宋传奇集》《岭表录异》《说郛录要》《谢承后汉书》《古小说钩沉》《云谷杂记》等，共49册。对我国历代存留下来的古籍，鲁迅无比的珍爱，他从青年时代开始就搜集和抄录以至辑录校勘，直到晚年。如《嵇康集》他从1913年就开始用各种版本辑校，直到1931年近20年间都不厌其详地对此书进行辑校。《鲁迅辑校古籍手稿》收入的鲁迅辑校的古籍，鲁迅生前大部分均未出版过。

这也是这部书的可贵之处。

在关于影印出版鲁迅辑录古籍手稿及收藏古代刻石的《会议纪要》中曾记有"为支持出版，减少出版社的经济负担"，北京鲁迅博物馆与上海鲁迅纪念馆各订购书若干部的情况。北京鲁迅博物馆订购了纪念本 100 部，平装本 100 部，《纪要》中还规定"书款每出一种交付一种"，这两百部书鲁迅博物馆应付款 40 余万。鲁迅博物馆当年无法付出这笔款项，曾向国家文物局打报告，申请向国家文物局暂借。31 年过去了，这笔借款据了解北京鲁迅博物馆仍未能还清。

2014 年以来鲁迅手稿的研究有新的发展：由上海交通大学牵头，中国国家图书馆和上海鲁迅纪念馆合作申请国家社科基金项目即"《鲁迅手稿全集》文献整理与研究项目"。该项目对各馆所藏的鲁迅手稿进行挖掘、研究、整理；国家图书馆整理、出版了《小约翰》等手稿共 6 卷，线装精印，纸质精良；上海鲁迅纪念馆整理、出版了鲁迅《毁灭》手稿，填补了 1978—1986 年文物出版社出版的《鲁迅手稿全集》所缺的"译文手稿"。

我国改革开放的深入，国家文化事业蓬勃发展，为重新出版《鲁迅手稿全集》创造了条件。2017 年 6 月 23 日，由文化部、国家文物局、国家图书馆组织召开"《鲁迅手稿全集》编辑委员会暨专家委员会"第一次会议，会议明确"《鲁迅手稿全集》编辑出版项目是由文化部会同国家文物局组织实施，委托国家图书馆具体承办的一项国家重大出版项目"。并说明此书的出版，将进一步唤起社会对鲁迅精神的继承与重视，也对弘扬民族精神、传承民族优秀文化有着重要的现实意义。会议明确制定了《全集》出版实施方案。根据方案，"《全集》将呈现以下几个特点：一是收录全，力争将海内外收藏机构和个人手中的鲁迅手稿全部纳入；二是仿真度高，采用高清扫描、彩色印刷，最大程度还原手稿原貌；三是定价适当，采用普通纸精装，降低定价，便于传播推广；

四是同时出版数据库，编制高质量手稿数据库，满足广大研究者和读者的快捷查阅需求"。计划于 2019 年 12 月完成《鲁迅手稿全集》评审验收工作，正式出版。这是一部具有空前规模、宏大的《鲁迅手稿全集》，它的出版将极大丰富我国鲁迅研究的宝库，并将成为中国出版史上的一座丰碑。

参考书目：

1.《许广平文集》，江苏文艺出版社 1998 年出版

2.《冯雪峰全集》（第六卷），人民文学出版社 2016 年 6 月出版

3. 周国伟编：《鲁迅著译版本研究编目》，上海文艺出版社 1996 年出版

4.《上海鲁迅研究·鲁迅手稿研究专辑》，上海社会科学院出版社 2017 年出版

发表于 2019 年 4 月 24 日、5 月 29 日《中华读书报》和《上海鲁迅研究》2019 年总 82 期

"鲁迅地质佚文"的发现及其历史价值

　　1957 年，在鲁迅博物馆建馆之初，许寿裳的夫人陶伯勤女士将许寿裳的遗书计有 1137 种 6136 册以及遗稿、日记、书信等一箱捐赠给北京鲁迅博物馆。1946 年许寿裳赴台湾任编译馆馆长时，将这些文物寄存在一位姓王的老中医家中，王老先生的儿子王曾怡和儿媳赵希敏都是许寿裳先生的学生。由赵希敏先生（时任文物出版社编辑）主动向文化部反映此情况，鲁博得知后，及时与在上海的许夫人联系，许寿裳的夫人陶伯勤女士欣然同意将这批文物捐献给博物馆。从这些文物中我们发现了鲁迅赠许寿裳的诗《亥年残秋偶作》、鲁迅录李贺诗《开愁歌》、鲁迅致许寿裳信和这份鲁迅有关地质学的手稿。该手稿共 9 页，毛边纸，其中 8 页长 23.2 厘米，宽 26 厘米，1 页长 23.1 厘米，宽 16 厘米。当时常惠、许羡苏等一些熟悉鲁迅的老先生鉴定认为"是鲁迅在南京学习时的笔记"。手稿内容系对地质原理的一般论述，而鲁迅在南京矿务铁路学堂学习时学过地质；

同时周作人也曾回忆过，鲁迅在南京矿务铁路学堂曾抄过英国赖耶尔的《地学浅说》作为课本。周作人在他的《鲁迅的青年时代》一书中曾在三个章节中讲到此事。在"往南京"一节中说："地学（地质学）却是用的抄本，大概是《地学浅说》刻本不容易得到的缘故吧，鲁迅发挥了他旧日影写画谱的本领，非常精密的照样写了一部，我在学堂时曾翻读一遍，对于外行人也给了不少好处。"

综合这些理由，当年馆里将此手稿定为"地质学笔记"。30多年来一直沿用，一些报刊在涉及此手稿时，也如此引用。

視為地面收集及黑曜石假其凝冷較徐則更作精密有如微晶載使更徐
乃清晰亦應巨是条脈精磁礙雨作凝黎吹去則石基也徐盖基則石基亦成微
晶為微晶質蔽成不中花剛之凝程緩放石英去石雲母之所得末晶時圖
滿其是互相運包句晰如狀若一焉
主要之石

一花剛石　是為藍成石正長石英宝云母及
二石英斑石　此大之泥成石石基填密有石英及花剛宝為屬如有之
三流文石　此新凝成不弟三紀的所噴薄石也含分如上
四閃里石　此為泥成石分列角閃不帛正長石惟无含石英與花剛宝為屬如有之
五甲鑲石　此為泥成含分如上
六閃綠石　此為泥成狀類花剛宝含分如斜長石與角閃石
七小剳石　此為泥成含分如上
八安光斑石　新凝成山回最常見　微細成結晶之石基中有剳長石及輝石

右列之種含的坡至六一……十故亦得之坡石

左列之種為生化石含的坡約六○……呈為坡六七為塩基性

九 飛白石　此由□瘦成主々為剝去石及異剝石、

十 輝洸石　此由□成主々為剝長石及輝石、

土玄武石　此為新陶成石含々為蘇剝長石情盤基性又有慈鐵卝及橄欖

石蘚之、

二 水成石

地骨之石復過外力破碎剝□沈著水中而成者謂之水地見姊石古必在水且

其初就必弔水平審覆不塊阿見層累故亦偁層石□而層累剝謂之地層、

水之為用有戌變其刑一變其質、

一受甲力之為□不碳石為受乙力之為垂石

一氷

二石盤　此為大塵分水成石之內、

三垂石　里質之物沈積海底剝々含為垂石狀或填密或結晶色呷白

填密垂石乙曰大□石、

四矽石　石英之々合也、

主要之石

甲精质石或非崗眉石

矽石多、

五石炭　古之枯柳埋理埋地中，埃素既镜，遂炭化如石炭也 [印]

右列五种咸为层变之石

乙　变屑石

一　沙砾

二　沙石　沙受填里及砂石之黏结者谓之

三　磔石　石质破碎，水去其黏，复受热质所合者谓之

四　瓯石　瓯棱小石之丽合也

五　垣

六　叶石　此为垣之固太，药之离析之

七　垤石　此亦垣之固太，同理至填密且亦坚贞

右列七种咸为形变之石

三　变咸石

变硫石　原石剖石　快具庵墼，有如水咸藏含精质，复与大咸石似袭其咸因而说亦绕一日太石在德士石下，历年特久湿度压力之来也大，特是三臣石麻碎屑末乃绕而日太石在德士石下，历年特久湿度压力之来也大，特是三臣石麻碎屑末乃绕而

法精爱复成就二曰地青收滴生楼尼力封化纯代级质变遂分解以成净精三曰

地下之水每盈升扬此假地中蒸热墼其压力遂厚擊之力以使石质易常如变咸石墨

此三说根引皆归流则德匠力废 ◎ 其常主也

主要之石

一片麻石 此为地青最古之石、世界广有、成自长石其云毋三固有判性可
与花刚石别、实成自古有二一谓晶初凝室之石为地青根興二謂初凝晚者
于今时热海中、厥反乃质变而成此、

二精质判石

三辉石 真肩法品状不也、

切干叶石 为微精或陷精质、石理作片状、至为具足故名云毋深匠石長石及

石英小片造之

貳 ◎ 地青之構造

石層 水成石常久成不深如晚異为状遂誅成於火者如志如枝成於水者
茶果板茶量叶且因收積枝作水平、相茶果廣群裂下折是为地廣屋上
◎常執於下縱者平行以示地廣相接在接处回地廣而 ◎ 回廣厚亦干
一瓜上之廣日果廣、
變位 廣之方成大底平坦歷久而蒙 ◎◎◎ 力遂易其常、或陷隔內壁
積成中沧成断廣是名變位 變位之也左右为多右新右列拔也

地層偏倚有詞表之其示水平面相切之偏謂之層傾，層面偏至即示之層

傾之深相交作方角之方謂之偏，而以計之之真曰傾偏至計。

辟橫　地層隨橫臥者為山如河水研如奔馬推示资成於此为數有二一曰乀

辟一曰覆襲其函成自左右而中央成自中央而向左右名甲曰將那那成曰層

孟乙曰背那那成自層勢其支之曰乀層上顛倒曰倒層又因其形刑而為之

名刑曰單斜曰扁曰倒扇

斷層　地層之中能去謂之茗其厚苦中斷減伤乃就鱼刑謂之銳感地中

横卧膝石層彈力是生斷層見之地青陷是生銳藏於海層見之

地層面上所見裂文之屬皆之斷層深其斷面曰斷層面面为層偽平行者

曰層偽斷層而偏倚之曰平行者曰偏至斷層又因其刑审为之

名则曰阶曰壍曰粱曰釜、

整合　果層各面男以平行相果者謂之不合，甲之而示为地層成就

曰縣之間偏亦甚平布乙刻之層之間雲佂大年受大炭叔後別此之而辨地質

之時代，客地质之構造犹欲大焉。

二气

三生物

浮於海中，有復有么麼動物，一曰口口報事蹴，大者如粟，如錢，佃古□□顯鏡之，見一曰輻射蟲□□砂石□□功顆□□素備

縮伸或共運功，死而留殼，斷楼如屑，故撰帝海底，大氐為其□□其去泥沙，如惟□凄之如有之□

功物之在徒者如醬雅幅大好，其地素□海如霜，又能造小用錐形塔，与地固行俾其成半廣川味，乃□□□□霽

孔霉□□洪渥沴，而人數之業如開山填海或藝運所，則亦材島地形之異者也

　　1990 年春，我们对一些文物重新进行审定，发现这 9 页关于地质学的手稿，鲁迅做了多处修改，特别是后三四页，改得密密麻麻，有的地方还做了反复修改。作为课堂笔记或照抄书本，均不可能做如此多的修改。因而我们开始怀疑原来的结论，但还缺乏证据。这结论中最主要的依据是：周作人回忆的鲁迅抄赖耶尔的《地学浅说》，因而找到此书甚为关键。为寻此书颇费了一番功夫，最后在首都图书馆找到了最早的线装本，名为《地学浅释》，署"英国雷侠儿撰，美国玛高温口译，金匮华蘅芳笔述"。全书三十八卷，"卷一"的标题是"论石有四大类"，"卷二论水层石之形质"，"卷三"……从头到尾，没有发现任何一段与鲁迅的手迹内容相同的章节，因而就排除了此手稿系"抄赖耶尔《地学浅说》"的说法。另外我们还找到鲁迅在南京学习时的课本——《金石识别》等书与之相对照，依然没有发现与鲁迅这篇地质学手稿完全相同的篇章。虽然这样，我们认为周作人的回忆依然是有他的根据，应当说，鲁迅确曾抄过赖耶尔的《地学浅释》，但并非这篇手稿。

　　此时，藏品的来源给了我们新的启示：此稿为许寿裳先生保存的，许寿裳是鲁迅在日本弘文学院时结识的挚友。1903 年许寿裳曾接编《浙江潮》，鲁迅的《斯巴达之魂》《说钮》，特别是《中国地质略论》均在该刊发表。而鲁迅这篇关于地质学的手稿，就是在许寿裳遗物中日本时期的学习笔记等杂件中发现的。这是一个非常重要的线索。此稿如果不是抄稿的话，很有可能是许寿裳当年编《浙江潮》时的编余稿件，这是当时的推论。我们从这篇手稿的内容上分析，发现它与《中国地质略论》一文是有某些联系的：此手稿中有两个大标题，一为"壹、石"，内容介绍的是岩石的成因；一为"贰、地壳的构造"。而在《中国地质略论》一文的《绪言》中，鲁迅曾明确地写道："地质学者，地球之进化史也；凡岩石之成因，地壳之构造，皆所深究。取以贡中国，则可知栾然尘球，无非经历劫变化以来，造成此相。"在这里鲁迅提出地质学研究的内容：一为"岩石之成因"，一为"地壳之构造"，与手稿中的两个标题是一致的。从这里看此手稿有可能是该文的删余稿。当然也有可能是鲁迅另撰写的有关地质学原理的通俗文章，因为在《中国地质略论》一文的《绪言》中鲁迅还讲到："然欲历举其说，则又非一小册子所能尽也。故先掇学者所发表关于中国地质之说，著为短篇，报告吾族。"此《中国地质略论》为"先"，是否此稿是准备写于"后"的篇章也未可知。

我们认为此稿是一份残稿。文章一开始即冠以"地壳第二"，不见"第一"。在"贰、地壳之构造"一节之后，又出现"二气""三生物"，这二者显然不是在"地壳之构造"之内的小标题中，那么这"一"又是什么呢？当然这手稿的排列还有另一种可能，即"二气"和"三生物"在前，"地壳第二"排列在后。因这9页手稿是散页，而"二气"与"地壳第二"均为一页的开头。即使如此，也缺"第一"。

由于我们对地质这门学问一窍不通，隔行如隔山，对其中许多问题解释不了，更无法评价，因此求教于中国地质博物馆，受到黄正之副馆长的热情接待。他组织了馆内专业人员进行认真的研究，翻阅了大量的资料，并广泛征求地质界的前辈与专家的意见。他们的意见解除了我们的疑惑，肯定了我们的想法。张锋、姜贵善同志撰写了学术价值极高的论文，从各个角度进行考证，对鲁迅这篇手稿的性质、历史价值，以及在中国地质发展史上的地位等等，给予充分的、实事求是的评价，为鲁迅研究界提供了极为重要的研究内容及考证的依据。我们在此表示由衷感谢，并将其主要观点归纳如下：

（一）佚文撰稿属性的考证

佚文中留有多处改动的笔迹，有增有删，多处地方反复改动，这显然不是读书笔记或课堂笔记，是作者创造性劳动的证据，符合鲁迅"文章写好后至少看 10 次，将可有可无的字去掉"的写作习惯。同时文中多次出现有关中国的地质例证，其中有黄土高原、黄河的形成，以及列举的各种岩石的中国产地等。像这样撰写讲解中国地质的文章在当时已有的其他出版物中是没有发现的。在无书可考的情况下，从文章中出现这么多中国例证来看，显然不是抄书或读书笔记，可以认为是采矿专业毕业并有着野外地质实践的鲁迅先生撰稿性创作的第二证据。综合各种情况推断，本篇佚文应属鲁迅先生自撰，而周作人的"笔记"之说是不大可能的。

（二）佚文写作时间的考证

这则佚文从文辞造句、文章体裁到文章风格尤其是文言半文言的特点同《中国地质略论》和《中国矿产志》（简称"一论一志"）等鲁迅撰写的著作颇为类似，因此可以认定三文为同期作品，只是时间先后不同。从文章的成熟程度分析，"一论一志"似乎比这则佚文更接近现代科学，地质实践也较本文更强。所以从时间关系上看，佚文在前，"一论一志"在后。因为"一论一志"均发表于 1903 年，那么佚文的写作年代应限定在 1903 年之前。

（三）佚文历史价值的分析

本则佚文经多方查证认定为未经发表的鲁迅文稿。它更能直接反映鲁迅内心思想及写作构思过程。它的发现不仅在有关鲁迅文物收藏及生平研究方面有着重要的历史价值，而且对鲁迅先生在地质界，尤其是确立其在中国早期地质工作的地位，也有着重要的历史意义。

从内容性质上分析，"一论一志"侧重于我国矿产和地质分布规律的论证，带有学术勘察报告性质；而佚文则侧重于地质学原理的阐述，属于知识读本的性质。同时，鲁迅作为思想家、革命家的强烈爱国激情在"一论一志"中尤为突出，文风犀利，嫉恶如仇，对当时腐败的封建王朝在列强入侵下各种丧权辱国的洋奴行径，给予了辛辣的嘲讽，表现了中国人宁死不屈的气概。但佚文则没有"一论一志"那种气吞山河、大气磅礴的豪言壮语，只是科学原理的一般阐述，政治上反帝爱国思想有所流露，但不明显。因此可以认为，这是佚文同"一论一志"相比不同之处，说明鲁迅从学者到革命家、思想家也需要一个发展过程。而这则佚文提供了鲁迅早期思想发展的证据。这正是佚文在鲁迅文物收藏和生平思想研究方面的重要历史价值所在。

另外，从目前占有的资料看，在此以前还没有发现有讲解中国地质的文章和论著。所以，这篇佚文同"一论一志"一样，当是首批研究中国地质的著述，作为著作人的鲁迅先生则是第一位撰写中国地质文章的学者。对于确定鲁迅先生在地质界尤其是中国早期地质工作中的先驱地位，佚文的历史意义也是显而易见的。

鲁迅这则佚文写于1903年之前，比地质界公认的中国地质事业的创始人李鸿钊、翁文灏、丁文江、李四光首篇地质论文的发表要早 10 年。而且鲁迅学地质的时间也早于四人数年，这在当时是十分难得的。正如前不久去世的著名的地质学家、全国政协常委黄汲清先生在评议"一论一志"时说的，鲁迅先生是第一位撰写讲解中国地质文章的学者。《中国地质略论》和《中国矿产志》是我国地质工作史开天辟地第一章。著名编辑、地矿部科顾委委员殷维翰先生也说："如果鲁迅不改行，他一定能像他现在取得的文学成就一样，成为地质界泰斗。"这则佚文的发现，无疑给他们的论点又提供了充分的证据。

　　注：此稿系与杨燕丽同志共同完成。

发表于《鲁迅研究月刊》1991 年第 8 期

鲁迅重订《徐霞客游记〉题跋》

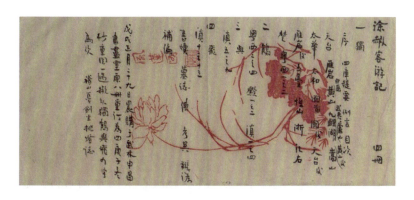

鲁迅所作《徐霞客游记》题跋

　　1956 年北京鲁迅博物馆建馆初期，在鲁迅生平展览中，展出了一部鲁迅藏《徐霞客游记》，与该书一起展出的还有一页鲁迅手迹，前后历时 20 余年，其内容从未引起人们的注意，仅仅看成鲁迅抄录的该书"卷目"。最近我们在清理鲁迅藏书时，又重新得见此原件，仔细看来，感到它绝不是一般抄录的"卷目"，于是将此手迹送呈林辰先生鉴定。林老阅过手迹后，喜出望外，认为此系一篇佚文。并说,如果早些发现,则可收入《鲁迅全集》的《古籍序跋集》,成为至今发现的鲁迅的第一篇序跋。

这《题跋》虽仅有 50 余字,却是目前发现的鲁迅所写题跋中最早的一篇。从中我们不仅可以领略鲁迅早年的文风——简洁、明快,还可以看到鲁迅青年时期对书籍阅读的细致与认真、对书籍装帧的注重与考究,以及对《徐霞客游记》的由衷喜爱。因而这《题跋》虽简短,却有其不寻常的意义。

徐霞客是中国明代地理学家。22 岁开始旅游,前后历时 30 余年,游踪北至河北、山西,南至云贵、两广,计 16 省。旅途中备尝艰险,其观察所得,按日记载。徐霞客以个人之力,毕生从事旅游并潜心考察自然,系统描述自然,在中国历史上还是第一位。徐霞客死后,他的游记经后人整理,成为一部富有地理学价值和文学价值的《徐霞客游记》。鲁迅 1898 年于杭州购得此书。书为清图书集成局铜活字印本,原为八册,鲁迅将其重订为四册。第一册书的书面钤有"戎马书生"印一方。书内夹有手迹一页。手迹长 23 厘米,宽 10 厘米,毛边纸,纸上印有红色莲花。手迹上录下《徐霞客游记》一书的细目,并将四册书分别署为"一独""二鹤""三与""四飞"。卷目后有题跋一段:"戊戌正月二十九日晨购于武林申昌书画室,原八册重订为四。庚子冬杪重阅一过,拟以'独''鹤''与''飞'四字为次。稽山夏剑生挑灯志。"(标点为笔者所加)"戊戌正月二十九日"为 1898 年 2 月 19 日,"武林"即杭州。"申昌书画室"系申报馆派报售书处。此事在周作人同日的日记中亦有记载:"廿九日,雨。上午兄去,午饭后归。下午兄往申昌,购《徐霞客游记》。"当时鲁迅祖父介孚公因科场案在杭州府狱,这"上午兄去"就是去探望祖父。"庚子冬杪"为庚子年十二月,正值岁末,此时鲁迅从南京回家度假。周作人在庚子日记中曾记有:"十二月朔日,雨。黎明忽闻叩门声,急起视之,乃大哥自江南回来,喜出望外。"从这里可知鲁迅是庚子年十二月初一（1901 年 1 月 20 日）回来的。因而此文的写作时间的上限可定于 1901 年 1 月 20 日，而下限绝不可能在 2 月 18 日之后，因 2 月 19 日就是辛丑正月初一了。所以准确地说，此文写于 1901 年 1 月 20 日至 2 月 18 日之间。

在这篇短短的《题跋》中最值得研究的是鲁迅所书"重阅一过，拟以'独''鹤''与''飞'四字为次"一句。古人书籍编次，习惯用大家熟悉的用法，如四册者有"元亨利贞"，八册者有"天地玄黄，宇宙洪荒"，十册者有"甲乙丙丁……"，均为当时一般读书人熟悉的成句、成语，似乎没有什么特别的寓意。而鲁迅为《徐霞客游记》一书编次，用"独鹤与飞"四字，是引用什么成语呢？舒芜先生告诉我：鲁迅所用的"独鹤与飞"出自晚唐司空图的《诗品》，其"冲淡"一品云："素处以默，妙机其微，饮之太和，独鹤与飞，犹之惠风，荏苒在衣。阅音修篁，美日载归。"鲁迅引用此诗中的四字是有其寓意的，与一般习惯的书籍编次有所不同。我很赞同顾蒙山老师将此四字译成白话文为"与独鹤一同遨游天外"。而联系鲁迅的题跋可直译其意为："重读此书，好像和仙鹤一起，云游了一次祖国的山河大地。"确实，这四个字用在《徐霞客游记》这种特定体裁的书上，真是恰到好处，妙在其中，表达了鲁迅"重阅"后的心得，更渗透了鲁迅对此书的钟爱之情。《徐霞客游记》对鲁迅早期思想和以后从事地质和矿物的研究都是有一定影响的。从另一方面讲，鲁迅对此书以此四字为"次"，不只是为书编了次第，更赋与了它新的生命。这应当说是鲁迅对古人延续下来的书籍编次的创新。

由此可见这篇《题跋》的意义。再者，鲁迅写此《题跋》署名"戛剑生"，意即击剑的人。过去已知的《庚子送灶即事》《祭书神文》《戛剑生杂记》《莳花杂志》《别诸弟三首》《莲蓬人》等，均署此名，但这六篇均系转录于《周作人日记》和周作人写

《关于鲁迅》一文，而由鲁迅亲笔署"戛剑生"手迹者，至今所得仅此一篇，因此更显其珍贵。

再者，此《题跋》的发现，亦可纠正我馆所编的《鲁迅年谱》对此书的说明："第一册夹有庚子（一九〇〇年）冬末重阅时自拟的该书卷目一页。"

发表于《鲁迅研究月刊》1990 年第 9 期

一册鲁迅关于古钱币的手稿
——鲁迅对中国古钱币的深入探讨

　　鲁迅一生酷爱祖国的文化遗产，他注意搜集，更潜心研究与收藏。鲁迅搜集的古代遗存品种很多：有汉画像、碑、墓志、造像、砖、瓦的拓片，有历代陶俑、铜佛、铜镜，还有古钱币等，总计有六千余件。这些珍贵的藏品目前博物馆已陆续将其整理出版，或正在编辑整理准备出版，以向读者展示并供学者研究。

　　鲁迅对中国古钱币的研究与探讨，多年来并没有引起人们的注意。因为人们在博物馆里所见到的鲁迅收藏的古币，品种有限，且数量稀少。给人们的印象是，鲁迅从未深入过中国古钱币的领域。

　　多年前，笔者在参与整理鲁迅的文物时，曾见过一册鲁迅有关古钱币的手稿。近年来经过研究与考证，对鲁迅与中国古钱币有新的认识。事情还要从中华人民共和国成立初期说起。那时许广平先生和一些热心人士曾将大批鲁迅文物捐献给国家，其中有一批鲁迅手稿。因为那时鲁迅博物馆还未成立，根据王冶秋局长的意见，将这批鲁迅手稿存入当时的北京图书馆。在这批手稿中有一册周丰一先生捐赠的鲁迅关于古钱币的手稿。当年为登记造册的方便，曾将其定名为《泉志》（据北京图书馆的一些老人介绍，当年在接收这批手稿时，凡是没有名称的，均依据其内容暂定一名称，以便登记，这个定名就这样延续下来了）。这册手稿高25.3厘米，宽16厘米，共13页23面，是写在蓝条九行竹纸上的（此手稿现存国家图书馆）。从内容看，它记录了从唐到明各代钱币的名称、钱币上的文字、质地、形制、重量，还注明该钱币传世存有的情况等等。这显然是一本只记录了特定时段历史时期通宝古圆钱状况的手稿，并非系统介绍中国钱币的史志性著述，称其为《泉志》似乎有些不够确切。

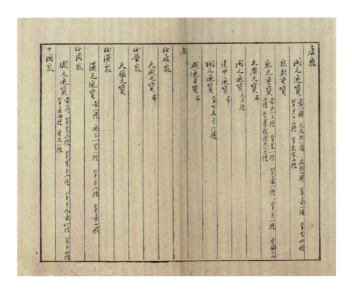

鲁迅关于唐代钱币手稿的一页

对于这份手稿，当年有的同志认为可能是鲁迅关于古钱币研究的未完稿；还有的同志认为是鲁迅抄录某部钱币书籍的抄稿。带着这些疑问，笔者查遍了鲁迅藏书中有关古钱币的书籍，也查找了《鲁迅日记》中记录的鲁迅曾经购买的有关钱币的专著，以及其他有关钱币的书籍，如《历代钞币图录》《古泉丛话》《四朝钞币图录》《古泉精选拓本》等等，均未见与鲁迅这件手稿文字内容相同的章节。而后笔者又从有关单位的图书馆借到一部鲁迅购买过但鲁迅藏书中已不存的《古今泉略》，经过反复推敲，发现鲁迅的钱币手稿记录的正是该书的内容。这是一部清倪模著，光绪三年（1877）刻本。全书共 16 册 34 四卷。书中收录了先秦及历代各种钱币、伪钱、外国钱币、厌钱等 4000 余品，并有清代钱法及历代钱制沿革等。书中对各种古钱币均有详细说明并附钱币图样，可以说是一部非常系统地记载历代钱币发展史的专著。

鲁迅这册手稿是从该书卷九至卷十四中的 172 款 1322 品古圆钱中摘集各种钱币的特点，并一款一款注录的。如对该书卷九"唐泉"一节的"开元通宝"钱，书中介绍了"通常"的开元通宝钱的样式、特点等。鲁迅手稿"唐泉"一节列出"开元通宝"一款，在其下则录"常一种"。书中的另一款"开元通宝"钱图后说明"右开元通宝'元'字次画左挑"（见书影图 1）。鲁迅则录"元左挑一种"。书中又一款"开元通宝"，图后说明"右开元通宝钱'元'字次画右挑"（见书影图 2）。鲁迅则录"右挑一种"。书中"开元通宝"图后说明"右开元通宝钱篆书"（见书影图 3）。鲁迅则录"篆书一种"。书中有四品开元通宝钱图，图后说明为"右开元通宝钱四品幕有一星，一在穿上，一在穿下，一在穿右，一在穿左"。"幕"即钱的背面，"穿"即钱的孔，钱上凸起的圆点称"星"（见书影图 4）。鲁迅则录"背星四种"。书中对开元通宝钱背面有凸起的圆弧称"月"，并对幕上有"月"的钱币，列出了多种不同的形式，如图后说明有"右开元通宝钱幕穿上仰月""右开元通宝钱二品，一穿上偃月，一穿下偃月""右开元通宝钱二品，一穿上斜月、一穿下斜月"（见书影图 5），共十三品，鲁迅则总其数录为"背月十三种"。对书中所示用以注明钱币产地的多种背字如京、福、蜀、桂、洛、昌等等，鲁迅则一一计其数并总之，录为"背地名三十六种"。鲁迅对于书中所述钱币的品相、形制、质地、重量、状况等，均不厌其详地一一加以记述。对于书中说传世不多的钱币，则均注为"希"，即稀少的意思。如对南宋的"绍兴通宝"钱，鲁迅依据该书对此钱币的叙述和图示简录为"小平一、折二一、折三一，小铁品三，折二铁品二"。此"小平""折二""折三"均是对钱币的大小价值及重量的标识，"铁品"即对钱币的质地的说明，如此种种。鲁迅对这部书中卷九至十四共三册，依次按"唐泉""后唐泉""后晋泉""后汉泉""后周泉""十国泉""闽泉""蜀泉""南汉泉""楚泉""吴越泉""北宋泉""南宋泉""辽泉""金泉""元泉"等朝代中的 172 款钱币均做了简要摘录。用鲁迅手稿与该书相关部分仔细核对，二者的内容基本吻合，钱币品种无一遗漏。说明鲁迅这本关于钱币的手稿确实是依据这部《古今泉略》择要收录的，并非照本抄书，更不是鲁迅的自撰稿，称其为对《古今泉略》有关章节"撮要简述"的笔记更为确切。

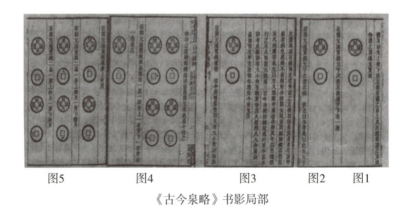

图5　　　　图4　　　　　图3　　　图2　图1

《古今泉略》书影局部

这份手稿鲁迅是什么时候写就的呢？这要追溯到 1913 年 6 月中至 8 月初，鲁迅回绍兴探亲这段时间。探亲期间，鲁迅经常和兄弟们在一起，看到周作人、周建人正在热衷于搜集古币。1913

年《周作人日记》记有"7月18日上午同乔风到大街得'大观通宝'钱一个,甚大,价八十文";7月20日又记有"又同乔风至大街一转得'天策府宝'钱及'大泉五十'等三个";7月21日又记有"往仓桥得'周元通宝'等钱八个"等。兄弟们对古钱币的热爱,也引起了鲁迅对古钱币的兴趣。但兄弟们在购买钱币时,也出现一些问题,如《周作人日记》中记有"天策钱盖系模造""购'五铢''半两'等数十枚,却少佳者"以及钱币"多缺蚀",等等。这些可能也被当时在场的鲁迅看在眼里了。1913年8月7日鲁迅回到北京。8月16日在《鲁迅日记》中就记有"午后往琉璃厂在广文斋买古泉十八品,银一圆",这是鲁迅在日记中首次出现的购买古币的记载。8月18日又记有"往琉璃厂广文斋买古泉二十一品,银二元六角。又赴直隶官书局买《古今泉略》一部十六册,十二元,《古今待问录》一部,四角"。这部《古今泉略》即是鲁迅写的这份有关钱币手稿的依据,这份手稿写就时间则可定为1913年8月18日以后。

鲁迅写这份钱币"撮要简述"的笔记手稿又是为什么呢?显而易见是为了深入了解中国古币发展的概况,并要确切地掌握这些通宝钱币的特点和特征,以便搜集和保存。

确实,从这以后,鲁迅经常出入于琉璃厂、小市等地,更多地选购古钱币,如1913年10月5日《鲁迅日记》记有:"往琉璃厂李竹斋观古泉,买得'齐小刀'二十枚,价一元。'平阳币'二枚,'安阳币'一枚,'夕匕'一枚,共一元。又史思明'得壹元宝'一枚,价二元。"1914年1月10日日记记有:"过石驸马大街骨董店,选得宋、元泉十三枚,以银一元购之。"又6月6日"往留黎厂李竹泉家买圆足币一枚,文曰'安邑化金';平足布三枚,文曰'戈邑',背有'吟'字,曰'兹氏'、曰'閵';又'垎'字圆币二枚,共三元五角"等。从1913年8月16日鲁迅首次购买古币到1919年6月21日"往琉璃厂买尖足小币五枚,券五元"最后一次购买古币，前后历时六年，《鲁迅日记》上记有购买古币29次。

据记载，这期间鲁迅购买了春秋战国时期的布币、刀币，其中有方足布、尖足布、圆足布、平足布、齐刀，还有汉代五铢钱，唐、宋、元、明、清等朝代的通宝钱，其中有一些也是稀有的钱币，计有256枚；购买有关钱币的专著七部：《古今泉略》《古今待问录》《历代钞币图录》《古泉丛话》《吉金所见录》《四朝钞币图录》《古泉精选拓本》等。以上种种说明鲁迅曾经对钱币进行过深入的研究，不但搜集到不少珍贵的古钱币，还熟悉了各种钱币的特征和发展概况，并且在实践中获得了搜集知识和识别古钱币的经验。

但使人们不解的是，在现有鲁迅藏品中仅存中国古钱币24种48枚。不但数量不多，且品种有限。在鲁迅的藏书中也仅存《四朝钞币图录》一种一册。

这是为什么呢？从《鲁迅日记》中我们找到了答案。1913年8月鲁迅从绍兴回北京后，就四处奔波，不辞辛劳地购买古币，购买有关古币的书籍，并且写了这份有关钱币的"撮要简述"笔记手稿，因而在购买古币上收获不少。但鲁迅不忘他的兄弟们也正喜爱这些古钱币，为了与他们共享，鲁迅就将自己收集到的古币，一批一批地寄回绍兴。如他在1913年8月至10月购得的古币，12月就寄回绍兴，12月7日日记上记有："寄二弟书二包……古泉二十四枚：'齐小刀'十二，'明月泉'一，'小泉直一'一，'常平五铢'二，'五行大布'一，'周元厌胜泉'一，'顺天''得壹'各一，'建炎''咸淳'各一，'绍兴'二也"；1915年3月13日记有"寄二弟古泉一匣五十三枚"，9月6日"寄二弟宋、元泉三枚"，9月30日记有"寄二弟'大泉五十'一枚，'至元通宝'二枚"等等多条，又托宋紫佩将《历代钞币图录》带给周作人，将《古泉丛话》寄给周作人等等。鲁迅数次将自己搜集的古币寄回绍兴老家，是因为周作人、周建人都喜爱古币，这之中正蕴含着鲁迅对兄弟的深厚情谊。

鲁迅把自己所得的都送与兄弟同享了，但未得到兄弟对这些赠品的珍爱。周作人在《知堂回想录》中回忆道："我在绍兴的时候，因为帮同鲁迅搜集金石拓本的关系，也曾收到一点金石物……这种金石小品，制作精工的也很可玩，金属的有古钱和古镜……但是什九多已散失。"现在留给我们的只有诸多的遗憾了！

如今保存下来由周丰一先生捐赠给国家的这份鲁迅《古今泉略》"撮要简述"笔记手稿和鲁迅仅有的这些零散的古钱币，应当就是鲁迅与中国古钱币结缘的实物佐证了。

发表于 2017 年 2 月 10 日《中国文物报》

一册鲁迅关于古钱币的手稿——鲁迅对中国古钱币的深入探讨

鲁迅遗编

——《汉画象考》初探

1926 年鲁迅在《厦门通信（三）》中写道："我最初的主意，倒的确想在这里住两年，除教书之外，还希望将先前所集成的《汉画象考》和《古小说钩沉》印出……及至到了这里，看看情形便将印《汉画象考》的希望取消。"

这是在鲁迅的著作中首次出现《汉画象考》的书名，也是在这里鲁迅告诉我们他曾"集成"《汉画象考》一书，并且未印出。蔡元培先生在《记鲁迅先生轶事》中也证实，对于汉画像"先生特别搜辑，已获得数百种，我们见面时，总商量到付印问题，因印费太昂，终无成议。这种稿本，恐在先生家中，深望周夫人能检出来，设法印行，于中国艺术史上，很有关系"。蔡先生的回忆不只告诉我们鲁迅曾搜集汉画像并拟印制此书，更告诉我们鲁迅也确曾编有汉画像稿本。

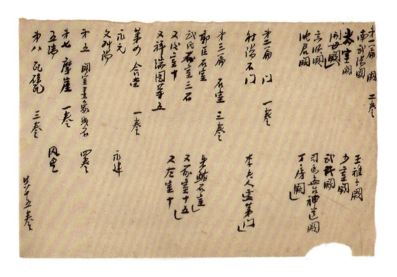

图1　鲁迅编《汉画象考》目录

　　20世纪80年代末，我们在北京图书馆（今国家图书馆）保存的鲁迅手稿中发现有一份（约四五十页）写有汉画像内容的稿件，因为是散页，未见写有"汉画象考"的字样。它是否就是鲁迅所说"集成"的《汉画象考》呢？仍是一个谜！后经仔细查阅有关资料，发现在鲁迅1935年11月15日致台静农的信中曾写有："我陆续曾收得汉石画象一箧，初拟全印，不问完或残，使其如图目，分类为：一、摩崖；二、阙，门；三、石室，堂；四、残杂（此类最多）。材料不完，印工亦浩大，遂止。"这一发现解开了我们的谜团。因鲁迅在这里所述分类的内容与在北京图书馆发现的鲁迅汉画像稿件中所拟的目录是相符的，该目录将全书拟编为八篇十五卷（实为七篇十五卷）。内容是第一篇阙；第二篇门；第三篇石室；第四篇食堂；第五篇阙室画像残石；第七篇（实为第六篇）摩崖；第八篇（实为第七篇）瓦甓。这个目录的排序虽与致台静农信中所述有所不同，但内容是完全相符的。这说明北京图书馆所藏的这份鲁迅关于汉画像的手稿，就是鲁迅所说"已集成"的《汉画象考》的稿本无疑了!

这部《汉画象考》是怎样"集成"的呢?它又是一本什么样的书呢?

(一) 集汉画像的起始

现存《鲁迅日记》最早有关汉画像的记载,是 1913 年 9 月 11 日的日记上记有"胡孟乐贻山东画像石刻拓本十枚"。胡孟乐先生是鲁迅同乡,曾与鲁迅同时留学日本,后又在浙江山会初级师范学堂与鲁迅同事,1912 年以后任教育部普通教育司主事,又与鲁迅同在教育部工作。鲁迅对胡孟乐所赠汉画像极为喜爱,并珍重,不只在日记和书账上做了记载,还专列一清单,详细记下胡孟乐所赠画像拓本的名称与出土地点,还与《寰宇访碑录》相核对并作注,如"洪福寺一石"下注"刘家庄三石之一,见《访碑录》";"七日山圣寿寺一石"下注"《访碑录》云七日山二石"等等;并以"甲、乙、丙、丁……"为每件画像排序。在清单的最后还写明:"以上十石在山东图书馆,尚有十七石在学宫,前十石胡孟乐自山东以拓本见予。"(图 2)这应当是鲁迅集汉画像之始。1915—1918 年,鲁迅则以更多的精力集中搜集汉画像,以后数年仍有搜集。鲁迅用他大半生的时间对汉画像进行搜集与研究。在北京时期搜集的有山东、四川、江苏、甘肃、河南等地区的汉画像拓本,约有 400 余幅。在 1934—1936 年间主要搜集的是河南南阳汉画像,约有 240 余幅。

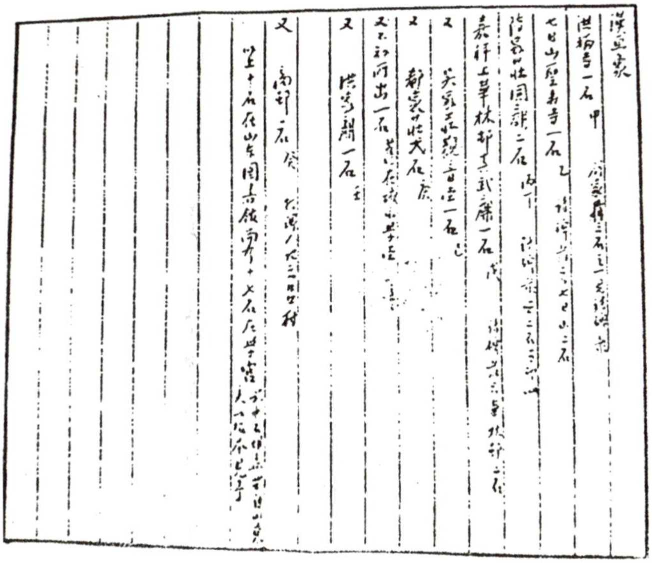

图2　胡孟乐赠鲁迅拓本清单

（二）《汉画象考》的规模及内容简介

鲁迅对该书所拟目录为七篇十五卷，这些汉画像原拓本，在鲁迅的藏品中均现存，以下将目录中所述内容分别陈述如下。

"阙"为第一篇。阙是中国现存最古老的国家级礼制建筑的遗存，常建在陵墓、庙观门前，呈对称式分立于行道两旁，因左右分列，中间形成缺口，故称阙。拟目中列有名阙十座，鲁迅拟编为两卷，即"南武阳阙"，见鲁迅博物馆编、西泠印社出版的《鲁迅藏拓本全集·汉画像卷Ⅰ》P32—P49（以下简称《汉画像卷》）；"太室阙"见《汉画像卷Ⅱ》P233—P247；"少室阙"见《汉画像卷Ⅱ》P265—P276；"开母阙"即启母阙，见《汉画像卷Ⅱ》P248—P264，太室阙、少室阙、开母阙通称河南嵩山三阙，鲁迅曾绘有嵩山三阙图六张（见本书《鲁迅手绘汉画像图考》）；

"武氏阙"见《汉画像卷Ⅰ》P41—P49;"高颐阙"见《汉画像卷Ⅱ》P277—P307,此"高颐阙"鲁迅也曾绘图(见本书《鲁迅手绘高颐阙图》),手稿现存; "丁房阙"见《汉画像卷Ⅱ》P311—P315(《鲁迅日记》1919年6月1日,记有"《丁房阙》实唐刻也");"王稚子阙""沈君阙""司马孟台神道阙",此三阙《汉画像卷》均未收。"王稚子阙",《鲁迅日记》1923年2月28日记有曾购入;"沈君阙",《鲁迅日记》曾四次记有收入。其一为1915年7月27日周作人寄来;另三次是1916年7月30日、8月4日购得和1934年7月1日台静农寄赠。还有"南武阳阙",鲁迅1919年1月25日记有"上午帖店来选购'南武阳阙画象'九枚",见《汉画像卷Ⅰ》P32—P40。"阙篇"总计收拓本119幅。

第二篇"门"即墓门画像,鲁迅拟为一卷,即"射阳石门"见《汉画像卷Ⅰ》P39、P310;"李夫人灵弟门",见《汉画像卷Ⅰ》P316。

第三篇"石室",鲁迅拟为三卷。石室即石造的冢墓,《宋书·礼制二》载:"汉以后天下送死奢靡,多作石室。"拟目中有"郭巨石室",见《汉画像卷Ⅰ》P164—P181;"朱鲔石室",见《汉画像卷Ⅰ》P242—P271;"武氏石室三石",见《汉画像卷Ⅰ》P50—P53;"又前室十五"见《汉画像卷Ⅰ》P83—P101;"又后室十"见《汉画像卷Ⅰ》P64—P78;"又左室十"见《汉画像卷Ⅰ》P50—P62;"又祥瑞图等五"见《汉画像卷Ⅱ》P317。"石室篇"收拓本92幅。

第四篇"食堂"鲁迅拟一卷。"食堂"按《辞源》释为"食之会所",鲁迅则是以画像的类别,将其归为一类,"永建"即"永建五年食堂画像",见《汉画像卷Ⅰ》P197;"文叔阳"即寿贵里文叔阳食堂画像,见《汉画像卷Ⅰ》P24;"永元"即永元食堂画像,《汉画像卷》未收。

第五篇"阙室画象残石",鲁迅拟编四卷。在致台静农信中曾说"'残杂'（此类最多）"。现存鲁迅写"嘉祥杂画象"目录和"济宁杂画象"目录手稿三页。这两份目录中计有画像拓本101幅，在《汉画像卷》中均可见。《汉画像卷》中还收录有曲阜、汶上、临沂、泰安、新泰、滕县（今滕州）、青州、莒县、蓬莱、成武、福山以及19种山东杂画像等。这样"阙室画象残石"总计约收近二百幅拓本。

第七篇（应为第六篇）"摩崖"，即在山崖上刻的文字、佛像等，鲁迅拟为一卷。"五瑞"见《汉画像卷Ⅰ》P317；"凤皇"见《汉画像卷Ⅰ》P14—P16。

第八篇（应为第七篇）"瓦甓"，即砖与瓦当，现存鲁迅写的有关瓦当的目录手稿两种：一为瓦当目录（为鲁迅自藏瓦当目录）手稿4页；一为《陶斋所藏秦汉瓦当文字目录》，手稿6页。鲁迅藏瓦当拓本335幅，见鲁迅博物馆编、西泠印社出版的《鲁迅藏拓本全集·瓦当卷》。砖文拓本鲁迅藏600余幅，见《鲁迅藏拓本全集·砖文卷》。鲁迅编《俟堂专文杂集》收入215幅，余四百余幅，从中选若干枚编入此书。

这部《汉画象考》收入了鲁迅在北京时期所收集和整理的几乎全部汉画像拓本，还包括汉砖与汉瓦拓本，是一部已"集成"的大书，粗略统计将收入汉画、汉砖、汉瓦约上千幅。

（三）《汉画象考》是一部怎样的书？

1. 拟目的独特

鲁迅对汉画像的研究有别于前人。他是在大量收集与认真研究汉画像的基础上，掌握了汉画像的特征，编辑此拟目的。汉代画像内容极其丰富，同一类型的汉画像分布于全国各地，有着地域特点。鲁迅打破地区的界线，按画像的种类来编排，分类为一摩崖，二阙、门，三石室、堂……这是一个创举。分类研究可以凸显这一类画像的特有的风采，彰显其独有的魅力。如阙：山东有武阳阙；四川有王稚子阙、高颐阙；河南有嵩山的太室阙、少室阙、开母阙等等，将同是阙的画像集中在一起展现，一定会出现异彩纷呈的壮观的盛景。将汉画像分类，使人们对汉画像的观赏和理解，不只停留在一个个地区、一个个画像的个体画像上，而能突出展现这一类画像的整体特有的风采和特色。如"石室"作为一种类型独立出来，使人们不只看到和了解到"武梁祠石室"画像、"郭巨石室"画像、"朱鲔石室"画像等内容各异而丰富与多彩的画像，同时也能体会到《宋书》上所载"汉以后天下送死奢靡"的真实景况。又如同样的历史故事"泗水捞鼎""二桃杀三士"等，不少地区的画像均有表现，如将其归类展示，在比较中则可以使地域风采更显奇光。这就是汉画研究。鲁迅将这本书定名为"汉画象考"而不是汉画像集，涵盖着鲁迅对汉画像深层的研究与思考，也正是《汉画象考》的创作的缘起。

2. "引言"的绝妙

在发现的《汉画象考》手稿的前面，鲁迅精选了两篇小文，应当是作为该书的"引言"。一篇是《汉画像记》，署名海盐潘诒堂，该文收入《续修郯城县志十》。鲁迅在所录该文的末尾，特别写了按语，"按郯城志十卷嘉庆十五年知县阳湖吴楷修"。郯城位于山东的东部，修志始于明万历十三年（1585），而这位知县吴楷完成的《续修郯城县志》于嘉庆十五年（1810）被誉为山东名志。此文以语言的精湛，概括了汉画像的发掘与发现的历史。历史上最早介绍汉画像是宋代洪适的《隶释》，直到清代才广泛引起人们的注意，文中提到的黄小松即黄易（号小松，1744—

1802），清代著名书法家，于乾隆五十一年（1786）在山东嘉祥发现武氏祠，尔后朱鲔石室画像、郭巨石室画像、曲阜画像相继被发现，郯城人也加入此项活动中。说明汉画像的发现在清代曾引起轰动。此文作为《汉画象考》的"引言"，使人们对汉画像的发掘与发展有一个较全面的了解，是非常必要的。

为了核实该文，笔者特通过现今编写山东省志的同志，调出此文的原件，发现鲁迅曾对该文的个别字句给予改正，如原文的第二段中"余尝潘偕君共车出西城"，鲁迅将此句改正为"余尝偕潘君共车出西城"；鲁迅在抄录此文时也有一处漏字，即"武宅山中得数十石"原文为"武宅山土中得数十石"；鲁迅也多抄录了一字："余尝尝偕潘君共车出西城"多了一个"尝"字。

另一篇为陈介祺所写的《临菑东汉画像石记》。陈介祺（1813—1884）是清代著名的篆刻家、收藏家，字寿卿，号簠斋。他的"万印楼"1992年被山东省定为省级文物保护单位。陈介祺在此文中介绍了他于清光绪八年（1882）在山东潍坊出土了一块高87厘米、宽130厘米的刻有君车出行图案的画像石，通称"君车"画像。此文生动细致地描绘了原石正面所刻的君车出行的场景及石刻背面的图案，这是汉画像中具有代表性的作品。此文在当时影响很大，为世人所瞩目。此原石清光绪初归陈介祺，后流入法国，今藏于巴黎博物馆。鲁迅选此文作为此书的引言，是有其深远意义的。

对于"君车"画像，鲁迅也是非常熟悉的兼有研究的。1935年台静农曾寄给鲁迅两包拓本，其中有"君车"拓本，鲁迅回复台静农的信中写道："'君车'画像确系赝品，似用砖翻刻，连簠斋印也是假的。"（见1935年5月14日致台静农信）

3. 内容的丰富与多样

《汉画象考》包罗了汉代画像的各种类别，收录了两千年前汉代人以各种形式、在各种场地创作的画像，如在高山的摩崖上、在地下的墓室中，或在陵墓、庙观前竖立的壮观的阙上。这些画像遍布我国的大江南北，包括山东、河南、山西、四川、陕西、河北、江苏等省，可谓地域广阔，内容丰富。

按照鲁迅的拟目，《汉画象考》不只收录了出土于各地的汉画像，还收入汉砖与秦汉瓦当。在汉砖中，鲁迅除收藏各种汉代有名的砖拓本外，还收藏有308幅刑徒砖拓本，见《鲁迅藏拓本全集·汉砖卷Ⅱ》。这种刑徒砖乃因犯所刻，其刻痕大多歪斜，不讲究书法，不讲究艺术，因此向来不被人们重视。但这是一种民间的产物，也是出于汉代人的一种特殊的群体的创作。它也同样是反映汉代社会生活的历史遗迹。鲁迅将其收藏，并拟编入《汉画象考》一书，是有特殊意义的。从而更显此书内容的丰富与多样。

4. 记录出处准确翔实

画像的出处是非常重要的档案记录，表明画像的来源，以至说明它的历史。鲁迅对此是极为重视的，如在现存鲁迅写"嘉祥杂画象"的手稿目录中，每幅画像均一一详细写明此画像的出处（图3）。如"纸坊集二石"注明"城南二十五里纸坊集关帝庙壁间，一石存一石碎"，"程家村二石"注明"城南二十里杏园内井上一石存一石佚"等。

与一般从事汉画研究者不同的是，他们认为只要注明此画像出于何省何地就可以了，对其画像出土的具体方位并不重视，如：嘉祥竹园画像记有"打碑人手记云，在城北八里朱氏园卧地上"。如鲁迅对"嘉祥村嘉祥画像"的释文中，注有"打碑人手记云在城南五里庄南，王年山坡地内"等。而1951年出版的《汉代画像全集》一书，对此类原始出处均无记载。嘉祥村嘉祥画像拓本鲁迅收藏了两幅，一幅为完整的原石拓本，拓本上铃有"会稽周氏"印和"善"字印。另一幅鲁迅在上注有"嘉祥村画像石之一，入端氏后裂为二，又经妄人刻字五榜之拓本，可备考"（见《汉画像卷 I》P142）。可见鲁迅不但注意画像拓本的出处，更关心拓本在流通中的变化。这使每件汉画的拓本都有它自身的精准的记录。

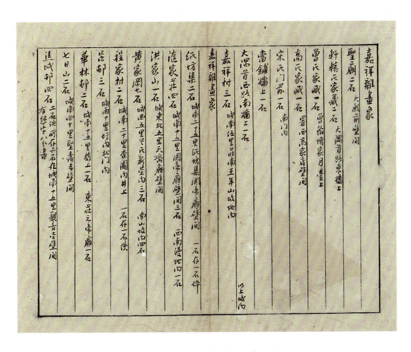

图 3　鲁迅所记嘉祥杂画像目录

5. 解说的精湛与不凡

这部《汉画象考》最可贵的是保存了十几张鲁迅以他的理解对具体汉画像所做的描述与解读。仅举鲁迅对三种不同类型的画像给予的解释：

一种是画面清晰的如"嘉祥关庙画象"，见《汉画像卷 I》P134。

图4　嘉祥关庙画像拓片

鲁迅的说明是这样写的：

嘉祥关庙画象

高二尺二寸五分，广五尺七寸。右方楼阁，楼上，女子中坐，左右侍者各二。楼下，男子坐持般，一人持节在后，一人跪于前，又三人立，其二持器。左方上半，骑者一，车马一，又一人存半。下半，辎车一，女子三人坐舞，童一人，其后断阙。在山东历城金石保存所。（标点为作者所加）

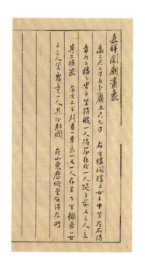

图5　鲁迅为嘉祥关庙画像作释文

此拓本长137厘米，宽55厘米，拓本上钤有"周氏"印一方，并有拓者注"城内关庙"。鲁迅购于1916年1月12日，说明中"男子坐持般"，"般"通"鞶"，系小囊，盛佩巾等物；"一人持节在后"，"节"系古代的一种乐器，用竹编成形如箕；"辎车"，系古代有帷幔的车。

　　鲁迅对此画像，分左、右、上、下来解读。经鲁迅的指点，给主人、侍者的身份以定位。对人物的姿态与所持物件以明示，使人看到的是，马在行进人在动，还有舞乐在相伴，一派生气勃勃的场景。画像的造型生动，给人以整体和谐的美感，耐人细细的琢磨，体会汉画艺术的魅力。

　　第二种类型为使人感到眼花缭乱的画面，例如，"肥城孝堂山新出画像"。

图6　肥城孝堂山新出画像拓本

　　鲁迅的说明：

　　　　肥城孝堂山新出画象一石

　　　　高四尺二寸，广五尺二寸。三层：上层车二乘二骑导之，又一骑在车后，榜一曰'督邮车'，三人迎于前。榜一曰'亭长'；第二层右醮享之事，童子中坐，旁男女各六人，有侍者，左廪；下层右廪并巨甒二；左楼阁上下坐者各二人，侍者五。

在山东肥城孝堂山郭巨石室。（标点为作者所加）

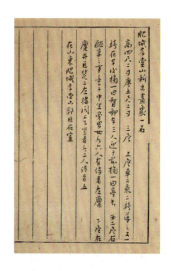

图7　鲁迅为肥城孝堂山画像作释文

此画像拓本见《汉画卷Ⅰ》P181，鲁迅藏两幅，一幅上有鲁迅注"郭氏石室续得画象一枚"；另一幅上注"肥城孝堂山新出画象一石"，并钤有"会稽周氏收藏"印一方，拓片长126厘米，宽92.5厘米。此拓本具体购得日期不可考，但可以肯定是在1915年10月以后，因该年10月30日鲁迅从琉璃厂买来《郭氏石室画象》十枚，此"郭氏石室续得画象"当得于其中。

此画像内容极其丰富。一眼看去给人一种眼花缭乱的感觉。鲁迅在说明中将其分为三层。一层为督邮出访，亭长相迎。督邮为汉代各郡的重要属吏，代表太守督察县乡，宣传教令等；第二层鲁迅总的说明是"醮享之事"，"醮"为"宴"的异体字，"享"通"飨"，即用酒食款待人。"宴飨"指古代帝王饮宴群臣。

汉代帝王盛行宴飨活动，在"二十四史"中有关汉代帝王纪部分，记载帝王宴飨活动是连年不断的，因此在汉画像中多有反映。鲁迅对这宴飨的场面做了说明，"童子中坐，旁男女各六人，有侍者"。说明中第二层的"左"为"廪"，廪为古代存放粮食的器物。第三层的"右"仍为廪，还有"罍二""罍"即罍，为盛酒器，大腹小口。图"左"有楼阁二层，"上下坐者各二人，侍者五"。

全说明110字，除名称与出处外，对画像的说明87字，以简洁的笔墨，勾勒出画像的概貌，使人对这繁杂的画面顿时感到清晰可辨，似乎人物都活起来了，生活气息浓郁，引人入胜。

第三种类型：鲁迅对有的画像不只解读，还加上自己的审视，给予表达，使汉画像艺术的深层次的美得以显现。如：嘉祥郇家庄画像。

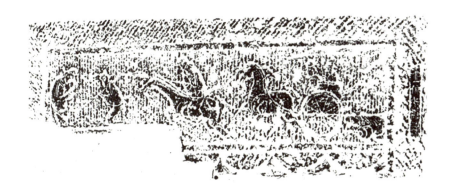

图8　嘉祥郇家庄画像拓本

鲁迅的说明是这样写的：

嘉祥郇家庄画象一石

打碑人手记云，在城南五十里庄南桥上，高一尺八寸，广四尺八寸。上下有缘，左端一人拱立，次荷戈人，一骑者，车马各一，马特骏伟，一人拜于车后。

今在山东历城金石保存所。（标点为作者所加）

此画像拓本长 42 厘米，宽 112 厘米。拓本上钤有"周氏"印，并有鲁迅亲笔写"嘉祥郗家庄画象一枚"。此画像鲁迅购于 1918 年 1 月 12 日。

图9　鲁迅为嘉祥郗家庄画像作释文

鲁迅在说明中对画像上的"马"颇为欣赏，不但赞其"骏伟"，而且还加之为"特"，表达了鲁迅对汉画像中"马"的造型给予高度美的赞赏。仔细端详画像中的"马"，使人感到确实不凡，它不只表现了行进中的马的生动壮伟的姿态，而且展示了一个高头大马的雄伟的身躯。这是两千年前工匠们艺术的创作，足以震撼人心，也是画像艺术之美的深刻体现。鲁迅对此体验极深，并在说明中明确地加以表达。

6. 博引各家之长

这部《汉画象考》还有一个特点，就是在各种不同名目的汉画像后面，均加注各家对该画像的评说，如《南武阳功曹阙》后面引录俞樾《春在堂随笔》；在《射阳石门画像》《武梁祠画像》

《郭巨石室画像》等均引录《洪颐煊平津读碑记》；在《食斋祠园画象》则录有端方《匋斋臧石记》等等。这正是鲁迅学术研究、指导青年，特别是编纂各类书籍的一贯做法与实绩，目的是借此以使读者博览群书。这也正是这本《汉画象考》的又一可贵之处。

鲁迅为什么喜欢汉画像、推崇汉画像，因为他发现了汉画艺术之美。鲁迅说："惟汉人石刻，气魄深沉雄大。"（见 1935 年 9 月 9 日致李桦信）鲁迅视汉画像为中国传统文化的瑰宝，是汉代特有的艺术，它美在内容的丰富，美在形象的壮阔，美在整体的和谐，美在造型的生动。鲁迅不仅欣赏它、推荐它，而且将其用以指导中国的新兴版画艺术。鲁迅说："倘入木刻可另辟一境界也。"（同上李桦信）

鲁迅开创汉画研究的先河，并将汉画像研究推向新的境界，开辟汉画像研究的新篇章。因为鲁迅不只是中国伟大的文学家，更是中国伟大的艺术家，《汉画象考》就是一证。

发表于《上海鲁迅研究》2019 年第 1 期

鲁迅遗编——《汉画象考》初探

鲁迅手绘汉画像图考

　　在鲁迅编辑整理的有关汉画像的遗稿中，存有鲁迅手绘的六张汉画像图。这些图绘在大小不等的毛边纸上，每张图上均有鲁迅写的中外文手迹，其中两张图上标明"少室"；两张图上标明"太室"；还有两张，一张上写"东阙南面"一张写"西阙北面"。这六张图画的是河南登封嵩山的少室阙、太室阙和启母阙，名为嵩山三阙。

少室

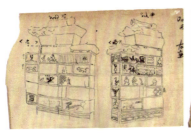

太室

东阙南面　　　　　　　　　西阙北面

鲁迅手绘汉画像图

　　阙是中国现存最古老的国家级礼制建筑的遗存，常建在陵墓、庙观门前，呈对称式分立于行道两旁，因左右分裂，中间形成缺口，故称阙（古代"阙"与"缺"通用）。嵩山三阙始建于东汉元初五年至延光二年（118—123）之间，是现存的时代最早、保存最完整的古代地表建筑，距今已有近两千年历史，1961年被国家公布为第一批全国文物重点保护单位，堪称"活化石"。

　　三阙各自四面均有画像，总计二百余幅，主要表现先人们生活、信仰、娱乐等活动，内容极为丰富，其中包括车骑出行、马戏、驯象、猎鹿、斗鸡、月宫、蹴鞠、铺首衔环、马伎、舞剑、龙、虎、玄武、象、羊头、犬逐兔、蟾蜍、猫头鹰、共命鸟、常青树、建筑物、古代人物故事等，令人叹为观止。鲁迅用艺术的手法将其一一勾勒出来。用鲁迅手绘的汉画像图与鲁迅所藏的嵩山三阙画像原拓相比对，会令人惊讶地发现，前者是那样的惟妙惟肖，又饱含着艺术的风采。鲁迅的手绘图更加彰显了汉代画像原作的本意；所绘人物多姿多态，既有个性，也有生气；所绘动物，凸显其本性，给人以鲜活的动感。整体绘画和谐、壮观、厚重、美不胜收，潜藏着一种灵性，耐人寻味，值得细细品味。这一张张精美的艺术珍品，充分展示了鲁迅在绘画艺术上的造诣，令人折服。

这些汉画图鲁迅绘于何时，图又从何而来呢？

鲁迅从 1915 年就开始关注中国汉代画像。蔡元培先生在 1936 年写的《记鲁迅先生轶事》一文中写道："我知道他对于图画很有兴会。他在北平时已经搜辑汉碑图案的拓本。从前记录汉碑的书，注重文字；对于碑上雕刻的花纹，毫不注意，先生特别搜辑，已获得数百种。"蔡先生的回忆，告诉了我们两个重要的事实，一为：鲁迅是中国少有的较早开始搜集并研究汉画像的人士，再者是鲁迅生前已编就汉代画像集。

事实正是如此。在北京时期鲁迅就搜集了山东、河南、四川、甘肃等地的汉画像拓本，编就了汉画像集。1926 年鲁迅到厦门大学工作时，曾准备将其出版。

鲁迅所拟《汉画象考》共 8 篇 15 卷。包含有阙、门、石室、食堂、摩崖、瓦甓等多种汉画像。《汉画象考》的"第一篇"就是"阙"，其中就有太室阙、少室阙和开母阙（又称启母阙）。这嵩山三阙的拓本鲁迅得于 1916 年和 1918 年。1916 年 4 月 23 日《鲁迅日记》中记有"午后往留黎厂买嵩山三阙拓本一分，大小十一枚，二元"，又 1918 年 6 月 4 日《鲁迅日记》记有："午后往留黎厂德古斋买嵩山三阙画像拓本一分计大小三十四枚，券三十六元。"1920 年 4 月 8 日又得到许寿裳赠嵩山三阙拓本五枚。这些拓本全部现存，见北京鲁迅博物馆编《鲁迅藏拓本全集·汉画像卷Ⅱ》。但鲁迅在1918年6月4日购买嵩山三阙拓本34枚的前四天,即5月31日,曾从德古斋借来《嵩山三阙全拓》,当日《鲁迅日记》记有"由留黎厂德古斋假《嵩山三阙全拓》一卷而归"。此《嵩山三阙全拓》本,系清末精拓本,为清末民初旧装手卷一大卷,卷轴长13米,高45厘米,卷页题"中岳三阙丙辰六月重装旧拓"。鲁迅绘的六张嵩山三阙图应当是从这本《嵩山三阙全拓》本中录出的。鲁迅的图描绘出三阙各自不同的造型,并录出阙上多方位的画像。在这六张图中不但有鲁迅亲笔所书阙名,还有鲁迅注明"未拓""此层未拓"等字样,并详细标明此图所绘的方位,如"西阙北面""东阙南面""东""北""西""南"等等,详细注明所绘的图在该阙的方位。在图上有鲁迅用德文书写的"东""南""西""北",并在下面注上中文字。如有用德文写的"西南""北、从东至西""北东""南,从西至东"下面也都注有中文字。从这些外文字母的书写特点与笔迹来分析,确为鲁迅手迹。众所周知鲁迅精通日文与德文,至于为何要用外文标注该图的方位,可能是鲁迅从德古斋借来的《嵩山三阙全拓》本中注有的,也未可考。这六张鲁迅手绘嵩山三阙图手迹,现存国家图书馆。

鲁迅热爱祖国的历史文化,注意搜集历代的遗存。鲁迅搜集的古拓本有5100种6000余张,其中包括碑、造像、墓志、钟鼎、汉画像、铜镜、古钱、砖、瓦、砚、印等等。鲁迅不只是收藏,更注重对它们的研究。特别是对汉画像的研究,鲁迅是有开创性贡献的,他赞扬汉画像"深沉雄大",推重其奔放粗犷,认为它是充满生命活力的艺术。鲁迅1935年9月9日在致李桦的信中写道:"惟汉人石刻,气魄深沉雄大,唐人线画,流动如生,倘取入木刻,或可另辟一境界也。"他深刻领会汉画的深邃,以此指导中国新兴木刻的发展,创建和培养了一支茁壮成长的新兴木刻的生力军。鲁迅对汉画像的大力倡导,使得美术界逐渐认识到汉画是中国古代美术发展史上的重要里程碑。如今汉代绘画艺术被艺术界称为"纯粹的本土艺术",人们从多角度解读汉代石刻画像,已形成一门"汉画学"。

　　希望这六张鲁迅手绘汉画像图的发表,将给爱好汉画像的人们开阔眼界,给研究汉画像的学者提供珍贵的史料,给美术界提供有关鲁迅手绘艺术的探讨。

　　　　　　　　　　　　发表于 2017 年 11 月 22 日《中华读书报》

鲁迅与汉画像

　　"鲁迅与汉画像"这一课题，应当说还是一个未被开掘的领域。鲁迅对汉画像的搜集、研究，直至准备出版，这之中是付出了大量心血的。从 1915 年 4 月开始至 1936 年 8 月，历时廿余载，经历过艰苦的历程，从自己亲自前往琉璃厂等地购买到托请好友代为搜集，以至从各地方志和教育部上报的材料中获得线索，开列清单，注明画像出土地点，请人赴当地找拓工拓制等方法，总之是想尽了各种办法搜集高质量的画像拓本。当年，仍是在北京图书馆（今国家图书馆）馆藏发现一册鲁迅手迹，系用毛边纸自制的小本（本长 15 厘米，宽 10 厘米），计 9 页，约写于 1915 年至 1916 年。上面写有济南、曲阜、蓬莱、鱼台、嘉祥、济宁等 14 处有汉画像出土的记录及详细地点。

　　如"济宁"记有：

汉画像二十七石　在东南八十里两城山

　　又十一石　在西南六十里张古屯东南漫地内

　　又七石　在城西北三十五里晋阳山（俗名匡山）慈云寺

又七石　在城西北三十五里真武庙内

又三石　在城内鱼山书院等

在这一小册子的首页还清楚地写明拓制这些拓本的要求："一，用中国纸及墨拓；二，用整纸拓全石，有边者并拓边；三，凡有刻文之处无论字画悉数拓出；四，石有数面者令拓工注明何面。"（图1）

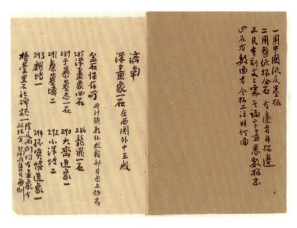

图1

这些都是鲁迅对拓工拓制拓片的明确要求，也反映鲁迅在搜集汉画像时对每件拓品的要求，因而鲁迅所藏的730余件汉画像，绝大部分均为精品。《中国美术全集》中的《中国画像石全集》（山东美术出版社与河南美术出版社2001年出版），全书八卷收有汉画像千余件。最近笔者用此种大型专著与《鲁迅藏汉画像》两册相对照，相重者仅79幅。就这79幅而言，《中国画像石全集》收入的汉画像有的画像明显已漫漶、模糊，难以辨认。尤以《朱鲔石室画像》为最严重。《孝堂山石室画像》虽尚清晰，但可明显看出有后人描刻的痕迹，与鲁迅藏的画像拓本仍能保持原石的状态，是不可比的。由此就可见鲁迅藏汉画像的可贵之处。这些珍贵的藏品正是鲁迅研究汉画像的基础，也是促使鲁迅"集成

《汉画象考》"的保证。

出版这部《汉画象考》，是鲁迅多年的愿望，在北京时正如蔡先生在回忆文中所说，"我们见面时，总商量到付印的问题，因印费太昂，终无成议"。而在上海时期鲁迅则比以往更迫切地想出版这本《汉画象考》。在1934年3月6日致姚克的信说："汉画象模胡的居多，倘是初拓，可比较的清晰，但不易得。我在北平时，曾陆续搜得一大箱，曾拟摘取其关于生活状况者，印以传世，而为时间与财力所限，至今未能，他日倘有机会，还想做一做。"在同年4月9日至姚克的信，则更坚决地表示："汉唐画像极拟一选，因为不然，则数年收集之工，亦殊可惜。"又6月9日致台静农的信则明确表示："对于印图，尚有二小野心。一，拟印德国版画集，此事不难，只要有印费即可。二，即印汉至唐画象，但唯取其可见当时风俗者，如游猎，卤簿，宴饮之类，而著手则大不易。"由于出版《汉画象考》环境的恶劣，经济能力的困窘，以及身体的逐渐衰弱，鲁迅对此事也曾心灰意冷过。在1935年5月14日给台静农的信说道："收集画象事，拟暂作一结束，因年来精神体力，大不如前，且终日劳劳，亦无整理付印之望，所以拟姑置之；今乃知老境催人，其可怕如此。"但鲁迅搜集和印行画像的愿望并没有因此而打消。1935年下半年，当他得到南阳汉画像时，南阳汉画像的豪放、粗犷、雄大、富于动感，对鲁迅又产生了新的吸引力，因而唤起鲁迅重新考虑出版汉画像的想法。于是他又委托台静农为他收集："倘能得一全份，极望。"（见1935年8月11日信）从1935年11月5日至12月29日鲁迅连续发出七封信请王冶秋、杨廷宾和王正朔等先生为他搜集南阳汉画像，直到1936年8月在鲁迅病情逐渐加重、体力衰弱的情况下，仍在关心南阳汉画像的收集工作，8月18日仍写信给王正朔："桥基石刻，亦切望于水消后拓出，迟固无妨也。"这也是鲁迅关于汉画像的最后一封信，两个月以后的1936年10月19日，鲁迅就与世长辞了。他所筹划廿余年拟出版的汉画像集，最后仍未能如愿。

那么整理与出版《汉画象考》与已出版的两册《鲁迅藏汉画像》是否会重复？当年这两本《鲁迅藏汉画像》是为落实1984年政协六届二次会议提案，由北京鲁迅博物馆和上海鲁迅纪念馆共同编辑出版的。一本为鲁迅藏河南南阳汉画像，一本为鲁迅藏山东、四川、江苏的汉画像，由上海美术出版社于1986年和1991年出版，笔者也是编者之一。当年两馆还同时编辑了另三部书：《鲁迅辑校古籍手稿》《鲁迅辑校石刻手稿》《鲁迅重订〈寰宇贞石图〉》，任务极其繁重，时间又很紧迫，也由于我们对鲁迅所藏汉画像深入研究不够，在编辑《鲁迅藏汉画像》时，仅就鲁迅所藏的汉画像藏品，按地区编排，这样只能是展示了鲁迅的藏品，看不出一点鲁迅的特点，更重要的是没能反映鲁迅对汉画像研究的成果。

其次《鲁迅藏汉画像》有重大的遗漏，此二集共收鲁迅藏汉画像478幅，而鲁迅藏汉画像现存733幅，在遗漏的250余幅的汉画像中竟有几座著名的大石阙，如河南嵩山的太室阙、少室阙、开母阙等被漏编。这主要是由于我们工作的疏漏所造成的。

再者，该书在编排上亦存在不少缺点。首先是不专业。编辑此书时虽注意按地区分别编排了，却未能对汉画像的种类加以区别，更未对汉画像出土的墓室给予全方位的展示，因而显得有些零散。

所以现在整理出版鲁迅遗编《汉画象考》，不只是实现鲁迅的遗愿，更是真正彰显了鲁迅研究汉画像的成果。

另外，由于《汉画象考》为鲁迅在北平时期编辑的汉画像稿本，收入汉画像出土的地区为山东、河南、四川、江苏、甘肃等地，而鲁迅1935—1936年间搜集的河南南阳的汉画像则不包括在内。因而鲁迅藏南阳汉画像仍可以独立成册。

发表于《上海鲁迅研究》2013年秋

鲁迅手绘高颐阙图

高颐阙在今四川雅安。建于汉献帝建安十四年（209），分东、西二阙。高颐字贯方，为汉益州太守，卒于建安十四年。此双阙即为其人所立。东阙（即鲁迅所绘图的左阙）仅存阙身，石刻画像均已漫漶。西阙（即鲁迅所绘图的右阙）为四川现存诸阙中保存较完整的一个。

1988 年北京鲁迅博物馆为编印《鲁迅藏汉画像（二）》，曾派专人赴四川雅安根据鲁迅所藏拓本实地考察汉代画像石的石存情况。考查的同志带回高颐阙的照片，我们将它与鲁迅所绘的图相对照，发现鲁迅所绘图虽简略，却画出了此阙的概貌及石刻的方位以及简单的布局。这就使我们产生了一个疑问，据史料所载，鲁迅未去过四川，何以能绘出高颐阙的图和这些车马、人物呢？

查《鲁迅日记》1917 年 2 月 5 日曾有这样的记载："王叔钧持赠《李业阙》拓本一枚，《高颐阙》四枚，画像二十五枚，檐首字二十四小方，《贾公阙》一枚，云是当地刘履阶（念祖）所予。"王叔钧为四川华阳人，曾与鲁迅同在教育部社会教育司任职，在一段时间里与鲁迅交往甚密。刘履阶为四川汶川人，曾任教育部秘书。所赠"《高颐阙》四枚"，现存，拓片高126厘米，宽45厘米，为高颐的碑，位于西阙主阙北面二"枚"，东阙北面二"枚"。每"枚"二行，行六字。西阙为"汉故益州太守阴平都尉武阳令北府丞举孝廉高君字贯光"，东阙为"汉故益州太守武阴令上计史（鲁迅误为'吏'，笔者注）举孝廉诸部从事高君字贯方"。"画像二十五枚"现存。鲁迅所绘画像图均参照原拓片。如图上部的一幅（即鲁迅所写"阙后面"），位于西阙主阙南面，原拓高45厘米，宽117厘米。图中为一乘二马的车，车前有伍伯八人，前六人手中执盾，后二人持何物不甚可辨（原拓即如此）。中间的一幅位于阙北面中间，原拓高47厘米，宽140厘米，为三乘有盖的辂车，每乘后面均有驺卒随着。由于原拓不清晰，所以鲁迅所绘与原石稍有出入，即后一乘非辂车，而为一骑，骑者手执一麾。阙侧一画像（即鲁迅所写"阙左耳前面"）原拓高29厘米，宽80厘米，为马车二乘，车前有持矛者二人。图下部一画像，原拓高30厘米，宽82厘米，为二乘一骑。"檐首字二十四小方"现存，为"汉故益州太守阴平都尉武阳令北府丞举孝廉高君字贯光"二十四字，刻在阙顶檐首，正如鲁迅图中所绘。

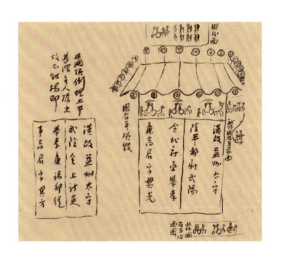

鲁迅未到过四川，而能绘出高颐阙概略，主要由于此份石刻拓本为刘履阶"所予"、王叔钧"持赠"，而刘、王二人皆为四川人，对家乡的名胜古迹非常熟悉。此图可能是在赠予时，凭赠者的记忆随讲，鲁迅随画的，因而只能绘一概况。

发表于《鲁迅研究月刊》1990 年第 1 期

鲁迅手绘土偶图

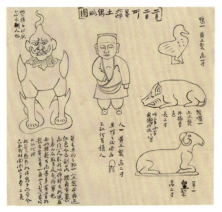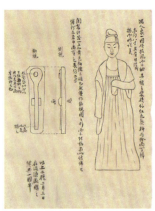

鲁迅所绘土偶图

　　鲁迅不是绘画家，却给我们留下一些生动的素描，如猫头鹰、小蜜蜂、活无常等使人难忘的形象。在鲁迅的手迹中还保留了两页1913年手绘的土偶图。图长22厘米，宽20厘米，毛边纸。图上绘土偶六个，物一件。每件素描旁均附以说明。文笔诙谐、有声有色、妙趣横生、耐人寻味。

其中一张绘有1913年2月2日鲁迅从琉璃厂购得的河南北邙山出土的墓中随葬物五件。在当日日记中记有："星期休息……午后许季上来，同往留黎厂阅书，购《尔雅翼》一部六册，一元；又购北邙所出明器五具，银六元，凡人一、豕一、羊一、鹜一、又独角人面兽身物一，有翼，不知何名。"北邙在河南洛阳市北，这里有很多著名的古墓，东汉和唐、宋等朝的王侯、公卿多葬于此。唐王建有新乐府《北邙行》："北邙山头少闲土，尽是洛阳人旧墓。"鲁迅所得为北邙唐墓土偶，过去这里盗墓者极多。鲁迅非常关注邙山古墓，他在《清明时节》一文中写道："洛阳邙山，清末掘墓者极多，虽在名公巨卿的墓中，所得也大抵是一块志石和凌乱的陶器，大约并非原没有贵重的殉葬品，乃是早经有人掘过，拿走了……"因而鲁迅对这些仅存的邙山明器，极为珍重，从鲁迅手绘的土偶图和为该图所写的说明中也不难看出他珍爱的心情。

这"独角人面兽身物"即镇墓俑，又称陶辟邪。辟邪为我国古代传说中的一种神兽。西汉史游撰《急就篇》中说："射魅辟邪除群凶。"唐颜师古注"射魅、辟邪皆神兽名"，"辟邪言能辟御妖邪"为"除去凶灾而保卫其身也"。古代陵墓前常有辟邪石雕像，亦有将辟邪作为墓中的随葬物，即明器的。

鲁迅所绘镇墓兽的素描，突出了它的面部表情——怒目而视，威风凛凛，俨然一副守门神的气派。鲁迅在图像的上方用诙谐的语句批有："此公样子讨厌不必示别人也。"在图的下方有一段说明文字："莫名其妙之物一，亦土制，曾擦过红色，今已剥落。独角有翼，高约一尺，疑所以辟邪者，如现在之泰山石敢当及瓦将军也。与此相类者尚甚多，有首如龙者，有羊身一角（无须）者，均不知何用。髭须翘起，如洋鬼子，亦奇。今与我对面而坐于桌上矣。"这些幽默而又意味深长的话语，表露出鲁迅对此物的钟爱。其中特别指明它的胡须"翘起，如洋鬼子，亦奇"，此语并非随意而言，而是有感而发的。当时的遗老遗少——国粹家，他们认为垂下的胡须是国粹，而向上翘起的就是洋鬼子。为要保存国粹，就必须保持下垂的胡须。胡须曾给鲁迅带来许多麻烦。他回忆从日本回国时，由于留的是"向上翘起的胡子"，曾让同乡误认为是外国人，更受到国粹家们许多的非议。鲁迅在《说胡须》一文中谈了自己的观点，他写道："清乾隆中，黄易掘出汉武梁祠石刻画像来，男子的胡须多翘上；我们现在所见北魏至唐的佛教造像中的信士像（指信奉佛教的人出资雕刻的佛像，笔者注），凡有胡子的也多翘上，直到元明的画像，则胡子大抵受了地心的吸力作用，向下面拖下去了。""我以为拖下的胡子倒是蒙古式，是蒙古人带来的，然而我们的聪明的名士却当作国粹了。"在1934年4月9日致姚克的信中，鲁迅又说："当我年青时，大家以胡须上翘者为洋气，下垂者为国粹，而不知这正是蒙古式。汉唐画像，须皆上翘。"这就说明了国粹派的无知与可笑，而鲁迅这"亦奇"就是别有一番含意了。

所绘图右方，画的"一豕"，说明注有："猪罗一，亦土制，外搽青色，长二寸，叫三声而有威仪，妙极，妙极。"南方唤猪为"猪罗"。鲁迅所绘的猪的素描，给人以动感。仔细端详这图中猪的嘴和耳朵，便会感到它确实在"叫"，而且叫得那样用劲，那样"严肃"，那样"全神贯注"，确实让人有"震撼感"。这"叫三声而有威仪"是鲁迅既赞得到的猪偶，更赞他自己的素描。"猪"的容貌和举止能够端庄得使人敬畏，实在是"妙极，妙极"。在"威仪"与"妙极"之下，又各加添两个圈，真可谓盛赞的盛赞了。鲁迅将此"猪罗"摆放在"老虎尾巴"的书桌上。

另一页鲁迅所绘土偶图，没有标题，图下注有："以上二种二月三日在琉璃厂购之，价共一圆半。"在1913年2月3日《鲁迅日记》记有："下午同季市、季上往留黎厂，又购明器二事：女子立像一，碓一，共一元半。"此"女子立像"和"碓"均出于唐墓，但是否仍为北邙墓中出土的明器，则不可考。

鲁迅对自己绘的这幅"女子立像"甚为得意，说明中特别指出："其眉目经我描而略增美。"确实，如对照鲁迅自己收藏的这个女偶，就会感到鲁迅所说并不夸张。素描中的女偶像，给人一种恬静、温柔、端庄的内在的美感。这之中正体现了鲁迅的绘画技巧。

从"女子立像"的整个说明看，鲁迅更仔细观察与研究人物的服饰："偶人像一，圆领披风而小袖，其裙之襞积系红色颜料所绘，尚可辨。"鲁迅搜集土偶或谓陶俑，一方面是作为艺术品收藏，另一方面也是为了研究古代的风俗与服饰。鲁迅在1934年6月21日致郑振铎的信中曾说，要了解"古衣冠"可"选六朝及唐之土俑，托善画者用线条描下（但此种描手，中国现时难得，则只好用照相），而一一加以说明"。鲁迅的旨意，在他手绘的土偶图中正体现了。

此页土偶图中的另一件为"碓"，即舂谷用的器物。鲁迅为它绘出了俯视图及侧视图，并详细地说明了它的各个部位的使用方法："此一突起似即以丁住擣杵之物，用以表其下尚有擣杵者也。""擣"为"捣"之异体字，"杵"系捣物的棒槌。在该图的下端还注有："此处以足踏之。"说明鲁迅对此器物十分熟悉，这是因为他有过农村生活的体验，在鲁迅的《阿Q正传》等作品中均提到过此器物。从另一方面也说明这种器物在中国农村，上千年来一直沿用着。

从鲁迅手绘的土偶图中，我们不只得以欣赏到高品位的艺术，还增长了对文物的知识，同时更实际地了解了鲁迅的收藏观，即从收藏中研究中国古代的历史文化，从收藏中探讨中国古代生活及服饰。

发表于1998年12月13日《中国文物报》

《六朝造象目录》和
《六朝墓志目录》考释
——鲁迅石刻研究成果之一斑

　　许广平先生在她的《关于汉唐石刻画像》一文中曾写道：鲁迅"为中国古代石刻画像探研，曾下过很多苦心。目下所保存的，除原拓碑帖画像外，又有先生亲自编好的《六朝造象目录》及未完成的《六朝墓志目录》……可惜限于资力未能在他生时整理付印，到如今，艺术研究上还是一件很可遗憾的事"。我们由衷地感谢许广平先生将这些珍贵的手稿完整地保存下来，使鲁迅的真迹得以传世，使后人得以继承先生研究的成果。但让人们感到遗憾的是，学界至今对鲁迅"曾下过很多苦心"的成果，还未展开研究，它的庐山真面目并没有向世人展示，更谈不上研究了，这应当是使我们感到愧疚的。

　　许广平先生所说的鲁迅"亲自编好的《六朝造象目录》及未完成的《六朝墓志目录》"是什么样的稿本？它的价值又如何呢？

《六朝造象目录》与《六朝墓志目录》稿本内容概述

一、《六朝造象目录》

此系鲁迅将六朝时期——即 3 世纪初至 6 世纪前后 300 余年间，古人所雕塑的佛像铭记或称造像记，以目录的形式辑成的稿本。编辑时间约在 1918 年间。现有稿本三册，计有手稿 190 页，从内容上可分成三部分：草稿本、誊清稿本、抄录造像拓本的记录本。原件存国家图书馆。

《六朝造象目录》封面

《六朝造象目录》正文

1. 草稿本，计有手稿 55 页，写在乌丝栏竹纸上，纸高 25 厘米，宽 32 厘米（折叠成双页）。记录从晋、前秦、南朝宋、南朝齐、南朝梁、南朝陈、北魏、东魏、北齐、北周至隋的造像名目。编辑体例是以朝代划分，每个朝代内又按年号、时间排列，并详细注明造像名称、出土地点及现存处等。每页手稿的书口均写明该页的朝代及年号。稿纸的天头或相应年号时间的两侧，均有添加的造像条目。因而草稿本给人的总体感觉是，整页纸均布满各种造像名目的注录，很少空白。虽有添加及涂改，但并不凌乱。

2. 誊清稿，计有手稿 102 页，仍用乌丝栏竹纸书写。封面有鲁迅书"六朝造象目录"六字。首页钤有"俟堂石墨"印。稿本记录了从晋至隋的造像名目 1331 条。编排方式和记录的详细与草稿本同。不同的是整本字迹清晰，编排整齐，没有涂改的痕迹。只是在造像名称上方记了一些特殊的记号，如"。""、""△"。经考证注有"。"记号的，是为选出准备抄录造像的拓本。经与《鲁迅辑校石刻手稿》本核对有"。"记号的造像拓本，绝大部分鲁迅已抄录，并登记在"抄录造像拓本的记录稿本"中。记有

"、"记号的造像名目，经整本查考得知，系标明此造像出自河南洛阳龙门石窟的大佛洞（今称万佛洞），在1917年3月18日《鲁迅日记》曾记有"午后往留黎厂买洛阳龙门题刻全拓一份，大小约一千三百二十枚，直卅三元"——这些记有"、"记号造像名目就包含其中。记有"△"的记号系标明此造像是重复注录。

3. 抄录造像拓本的记录稿本，手稿33页，写在白宣纸上，纸高25.5厘米，宽16.3厘米，稿本整洁，字迹清晰。每个条目均详细注明造像的名称、朝代、年号、时间及出土地点等，与前两个稿本不同的是，在编排上是不按朝代、年号与时间的。这说明鲁迅是依照抄录造像拓本的时间先后记录的。稿本共记录了抄录的造像拓本名目311份。与《鲁迅辑校石刻手稿》收入的实际抄录的造像拓本相符，后者还多33份。此《鲁迅辑校石刻手稿》系鲁迅生前已按门类（即碑、造像、墓志），按朝代、年号和年月基本编排好的，生前未能出版。1987年由北京鲁迅博物馆和上海鲁迅纪念馆共同编辑，由上海书画出版社出版。

二、《六朝墓志目录》

墓志系放在古人墓中，刻有死者传记的石刻，石刻上记有死者的姓名、籍贯和生平，被人们看成是最原始的历史资料，似地下的档案，可以补史书之不足，同时也是墓葬断代的确证。鲁迅将其搜集起来辑成目录。现存稿本31页，仍用乌丝栏竹纸书写。从内容上可以分成两部分：一为草稿本，一为抄录墓志拓本的记录本。草稿

《六朝墓志目录》封面

本计有手稿 13 页，封面有鲁迅手书"六朝墓志目录"，收录从南朝宋、南朝梁、北魏、东魏、北齐、北周、隋、郑等朝代的 200 余条墓志的条目。按朝代编排，详细地记录墓志的名称、年号、年月及出处，稿纸的天头相应之处仍有多处添加，因而可以确定此为草稿本。这个稿本的特点是几乎每个墓志名称的名下，均有该拓本购买的时间及价格的记载。如记"乙卯十一月二十日收五角"，所记年份为"乙卯"及"丙辰"，即 1915 年、1916 年。这些记录的年、月、日、金额与《鲁迅日记》所记完全相符。抄录墓志拓本的记录本，手稿 18 页用的是白宣纸，纸高 25.5 厘米，宽 16.5 厘米。记有鲁迅抄录的墓志拓本名目 187 份，均见《鲁迅辑校石刻手稿》的墓志类中。

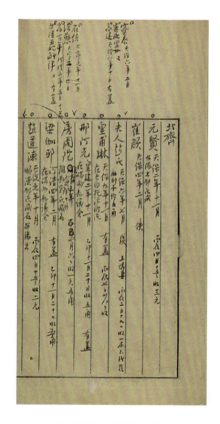

《六朝墓志目录》正文

鲁迅辑《六朝造象目录》《六朝墓志目录》的意义

对于鲁迅辑《六朝造象目录》的誊清稿，人们更多地认为它是一本已经编辑完成或者准备出版的稿本。但从整个稿本实际内容分析，我认为，可以确定这个稿本并非定稿。全稿本收集的造像条目1331条，其中有造像名称而无注录的有192条，仅在书口注明"无年月"；所辑的造像目录几乎每个朝代后面均有补充的条目，并在书口注明此页为"补"。计有北魏补63条、西魏补7条、东魏补201条、北齐补58条、北周补5条、隋补28条。这些"补"的特点与前面的正文不同，是不分年号、不按时间，只排在这个朝代的后面。这说明所有"补"的部分均为鲁迅在整理完"誊清稿"之后搜集到的，是为完善和充实造像目录而添加的。从出版的角度来论，这部稿本不能算定稿，但它拥有造像目录非常丰富；再者，这些石刻造像来之不易，遍布我国的河南、山西、山东、陕西、河北、江苏、新疆、四川等省，藏于著名的敦煌石窟、云冈石窟，特别是龙门石窟，以及中国的名山庙宇之中。它们是几千年来先人们创造的中国艺术瑰宝，弥足珍贵。鲁迅为全面展现石刻造像存世的状况，理顺石刻造像发展的脉络，为此而编辑以石刻造像为题的《六朝造象目录》。这应当是一个创举。

《六朝墓志目录》，正如许广平先生所说，"是未完成的"一部石刻目录。虽是草稿本，仍汇集了六朝时期各个阶段所发现的墓志石刻。鲁迅将这些墓志拓本，一一购得，并做记录。这不只说明这拓本的可贵，也说明这部《六朝墓志目录》的精确。

鲁迅研究石刻的独特之处及其成果

首先，鲁迅对石刻的认知有别于前人，他更看重石刻所呈现的图画，古代轶事、风俗文化及其历史价值。蔡元培先生在《记鲁迅先生轶事》一文中写道："我知道他对于图画很有兴会，他在北平时已经搜辑汉碑图案的拓本。从前记录汉碑的书，注重文字；对于碑上雕刻的花纹，毫不注意，先生特别搜辑，已获得数百种。"中国最早集录汉魏石刻的专著是宋代洪适所著《隶释》《隶续》，继有清代王昶的《金石萃编》和陆增祥的《八琼室金石补正》等近百种石刻专著，这些专著在石刻研究上主要关注的是石刻上的书法文字。鲁迅则不然，他是从更广泛的意义对石刻展开研究。

第二，鲁迅开创了对石刻分门别类研究的先河。鲁迅从对各地、各类石刻深入探讨中掌握了各类石刻独有的特性和内涵，因而将其分别以碑、造像、墓志、画像分项展开个性化的研究。例如鲁迅的造像目录、墓志目录等等，特别对汉画像的研究，他是以画像种类来区分的，如：阙、石室、门、摩崖等（见鲁迅遗编《汉画象考》），而不仅仅是按地区。鲁迅对汉画像的发掘、引荐和推崇，促使中国新兴美术的发展，并使其在今日的美术领域中大放异彩。这足以证明对石刻分门别类进行研究，更能彰显各门类独有的特色，表现其深层次精髓。

第三，鲁迅在石刻研究的顺序上独树一帜：首先是竭尽全力掌握该门类石刻的现存情况——即从事各种石刻目录的收集与编辑。鲁迅不只编辑了《六朝造象目录》《六朝墓志目录》，还编辑了《唐造像目录》（现存手稿110页）、《直隶现存汉魏六朝石刻录》（现存手稿80页）、《六朝墓名目录》（现存手稿26页）、

《越中金石记目录》（现存手稿 36 页）、《各省金石目录》（现存手稿 24 页）、《各县金石录稿抄》（现存手稿 63 页）、《石刻目录》（现存手稿 40 页）、《汉画象目录》（现存手稿 35 页）等等。在收集目录的基础上，进而依据目录中所收集的名目，有目的地从四面八方搜集、收购原拓本：先生从 1915 年至 1918 年集中购买碑、造像、墓志、画像等拓本，对于汉画像的收集则更延续到他生命的最后时光。鲁迅以他大半生的精力收集各种石刻拓本，计有碑拓本 593 种 1001 张，造像拓本 2017 种 2316 张，墓志拓本 347 种 510 张，汉画像 406 种 697 张。又从这些拓本中选出各门类中有代表性的拓本——即在目录稿本中划"。"的那些拓本一一进行抄录。用的是高 25 厘米、宽 32 厘米的竹纸，字迹工整。有的甚至是仿碑字体。鲁迅的仿碑字体，可以说是惟妙惟肖，无与伦比。周作人目睹过鲁迅抄碑的情景，更了解鲁迅抄碑的意图。他在《鲁迅的故家》一书"抄碑的方法"一节中写道，"他抄了碑文拿来和王兰泉的《金石萃编》对比，看出书上错误的很多，于是他立意要来精密的写成一个可信的定本，他的方法是先用尺量定了碑文的高广，共几行，每行几字，随后按字抄录下去，到了行末便画上一条横线，至于残缺的字，昔存今残，昔缺而今微存形影的，也都一一分别注明……鲁迅采用这些而更是精密，所以他所预定的自汉至唐的碑录如写成功，的确是一部标准的著作，就是现存已写的一部分我想也还极有价值"。历时四年多（1915—1918 年）间，鲁迅共抄录碑 261 种 1367 页，造像 344 种 1267 页，墓志 190 种 1035 页，总共抄石刻拓本 3669 页，均见《鲁迅辑校石刻手稿》。在他抄录的每个拓本的后面，均附有历年来有关专著对该拓本的考评。而鲁迅自己的校文则很少附于其后，而是另有一册"石刻校文手稿"99 页（见《鲁迅辑校石刻手稿》），收录校文 1036 条。这一部经过鲁迅精心抄录，"下过很多苦心""研究"并认真校勘的《鲁迅辑校石刻手稿》，应当就是他"立意要来精密的写成一个可信的定本"吧！

这是鲁迅留给后人的一部经典，有待我们去研究、去传承。鲁迅在他对于人类的伟大贡献中，有一种工作尚未被鲁迅研究界多数人充分了解和认识，即鲁迅整理祖国丰富的文化遗产中的多品种、多方面的丰硕成果和贡献。迫切地有待后来的研究者进一步进行深入的挖掘和探讨。

发表于 2018 年 4 月 11 日《中华读书报》

鲁迅注重编辑出版工作二三事

鲁迅在他从事文学活动的一生中，写下了 200 多万字的著作，翻译了 300 多万字的文学作品，还编辑出版了近 120 种书刊，付出了很大的精力，为我国出版事业做出了巨大的贡献。

鲁迅在编辑工作上和写作上一样，是极其严谨的，处处为读者着想。他注重写好前言、后记或文章中的按语，凡是论辩的文章总是把对方的文章附上。在出版工作上更是锐意搜求，"手自经营"，从书籍的插图、纸张、装帧，乃至版面设计和校对工作，都是一丝不苟，认真地从事，这些都值得后人学习。下面仅从北京鲁迅博物馆保存下来的有关材料中，略举一二。

（一）从手稿到成书

许广平同志在介绍鲁迅手稿情况时曾说："鲁迅写作态度很认真，随便一挥而就的文章，在他是从来没有的。""鲁迅的修改多半是个别字、句，整段整页的删改是没有的。"这是实在的，鲁迅是很注意字句的修改的。在文章写成之后，也十分注意语句的修改，务必使它更加确切、更加深刻地表现主题。这种例子在手稿中是很多的，哪怕是对一个字的修改，有时也反复推敲。如在《为了忘却的纪念》一文中，最后有这样一句，原来是"使我目睹了许多青年的血，层层淤积起来，将我压得不能呼吸"，后来将"压"字改成"淹"字，最后又改成"埋"字。这正反映了鲁迅对于字、词的斟酌过程。这三个字比较起来，"埋"字与语句中的"层层淤积"就更有自然的联系与呼应，反映了时间的积累和环境的恶劣。鲁迅不但在写稿时注意推敲，就是在文章发表以后，再收集成书时，还斟酌修改。因此有的收入集子的文章，在字句上与手稿往往不尽相同。如1926年10月写的《〈坟〉的题记》中的一句，手稿开始时写"其次是因为有人厌恶我的文章"，后来改成"其次自然因为还有人要看，但尤其是因为又有人厌恶我的文章"，在《语丝》106期上发表时与修改的手稿仍然相同，而1927年收入《坟》时，则将"尤其因为有人厌恶我的文章"改成"尤其是因为又有人憎恶着我的文章"。我认为这些词句的更易，绝不是偶然的，更不是兴之所至，随便一挥了之的，而是与当时的客观形势分不开的，因为1927年后现代评论派及其所依附的新旧军阀面目更加暴露了。

鲁迅对文章的再修改，情况也各有不同，如果将最初刊载在《晨报副刊》上的《阿Q正传》和后来收入《呐喊》的《阿Q正传》相比较，就可以发现，鲁迅又做了近20处的修改，如在形容假洋鬼子从城里进洋学堂回来的神气样子，原刊是"颈子也直了"，后来收入《呐喊》把它改成"腿也直了"；再有，地保给阿Q订了五个条件，其一原为"吴妈此后倘有不测，应由阿Q负责"，后来改成"吴妈此后倘有不测，惟阿Q是问"等等，这样的改动，更切合人物的身份与口气。再如《孔乙己》，在《新青年》6 卷 4 期上发表后，收入《呐喊》时又做了十多处的修改。如将原刊中的"烫酒"均改成"温酒"，据周作人在《鲁迅小说里的人物》一书中讲，"温酒在乡下通称烫酒"。既然是绍兴乡下通称的，可能对更广大的地区，更多的读者就不尽明了了，我想这也可能是鲁迅将全篇的"烫酒"均改成"温酒"的原因吧！

《呐喊》在鲁迅生前共印了 23 版（实为 23 次印刷）。1930 年 1 月，曾由鲁迅抽掉了其中的《不周山》一篇，又由北新书局重新排版印刷。应当指出，这次重排版和鲁迅自己校对过的初版比较，误植较多。在鲁迅的手稿中至今还留有两页他亲手写的《〈呐喊〉正误》表一份，列有误植 45 处。用我们收集到的《呐喊》版本核对，发

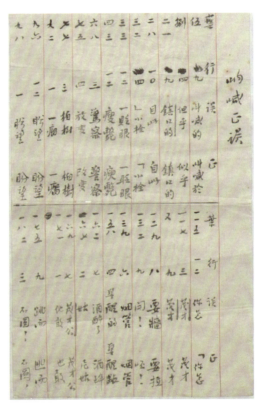

现这个《〈呐喊〉正误》表是据北新书局 1930 年 7 月第十四版校勘的。从这份勘误表中，我们看到鲁迅对于出版工作是极其严肃认真的。有些字词，如"警察"被误为"惊察"，"瘐毙"被误为"瘦毙"，"烟管"错为"畑管"，这似乎是比较容易辨别的。但有些地方，如"一眨眼"错为"一贬眼"，特别是一些标点符号，如"不园"按语气应当是逗号，而现在误为惊叹号，老六一旁边

的人名符号只画到"老六"为止，这些都是容易被忽略的地方。其他一些形似或音近的字词，如"柏树"之与"铂树"，"一腐"之与"一瘤"，"也敢"之与"他敢"，"这斑"之与"这般"，也都容易混淆。鲁迅凭着认真负责的精神和多年校勘工作的经验，对这些地方都一丝不苟地做了改正。用《〈呐喊〉正误》表与初版《呐喊》相对照，我们发现有几处地方，鲁迅又做了修改。如在《阿Q正传》第三章中讲到阿Q"被王胡扭住了辫子，要拉到墙上照例去碰头"一句中的"拉"字，一至十二版均为"拖"，而《〈呐喊〉正误》中改成"拉"。再如《故乡》中的一句"我于是日日盼望新年"中的"盼望"二字在一至十四版中均为"眄望"，而在这份正误表中，却改为"盼望"，这是非常必要的。因为"眄"在古书中有"怒视"的意思，和我们现在通用的"盼望"一词，并不相同。在初版中一时来不及检出，现在一并加以改正。这说明鲁迅对于自己的作品，是力求不断完善、更加臻于精美的。

总之，从手稿上的落笔到作品的结集，鲁迅的文章一直经历着反复不断修改的过程。而对这些具体琐碎事务，他总是那样潜心埋首、细致认真地工作着。如果不是有一颗对人民事业无比炽热的心，是不可能做得这样好的。

（二）从文字到插图

鲁迅曾以很大的精力倡导和扶植中国新兴美术，并为此做出了巨大的贡献。他非常重视书籍的插图，这不单因为它是美术作品，而且因为它和文学作品互相联系，更起着一些相得益彰的作用。鲁迅在《"连环图画"辩护》一文中说："书籍的插图，原意是在装饰书籍，增加读者的兴趣的，但那力量，能补助文字之所不及。"为此，在《朝花夕拾》的后记中，他亲手绘制了一幅《活无常》的插图，给人以深刻的印象。

在鲁迅的译作中，凡是能找到原著插图的他都尽力附入。如《小彼得》一书中附有乔治·格罗斯的插图六幅，《毁灭》中附有威绥斯拉夫崔夫的插图六幅，鲁迅在《后记》中写道："取自《罗曼杂志》中，和中国的'绣像'颇相近，不算什么精采，但究竟总可以裨助一点阅者的兴趣，所以也就印进去了。"《表》一书中附有勃鲁诺、孚克插图22幅，《坏孩子和别的奇闻》附有玛修丁木刻图8幅，鲁迅颇被这些插图所吸引，他在《译者后记》中说："这回的翻译的主意，与其说为了文章，倒不如说是因为插画。"鲁迅除了在他翻译的《死魂灵》中附有插图11幅，还特别编辑了一本《死魂灵百图》，将有定评并早已绝版的阿庚所作《死魂灵百图》及梭罗柯夫所作插图12幅一并编入。鲁迅非常满意地在广告中向读者介绍说："读者于读译本时，并翻此册，则果戈理时代的俄国中流社会情状，历历如在目前，介绍名作兼及如此多数的插图，在中国实为空前之举。"鲁迅还为苏联木刻家亚历克舍夫作《〈母亲〉木刻十四幅》写了序言，并对插图的技艺和作用给予很高的评价，他说："虽然技术还未能说十分纯熟，然而生动，有力，活现了全书的神采。便是没有读过小说的人，不也在这里看见了暗黑的政治和奋斗的大众吗？"能够这样高度评价插图在新文学作品中的作用，并给作品插图以新的生命力的，在中国，的确要推鲁迅是首创了。

亚历克舍夫的作品，鲁迅存有两种，一是为高尔基《母亲》所作的插图；一是为斐定《城与年》所作的插图。对于《城与年》插图本的印行，鲁迅也颇费了一番心思，这件事情本身，又有着一段极不平凡的经历，也是值得回顾的。

1933年夏天，曹靖华先生在归国前夕，曾受鲁迅之托为《引玉集》一书遍寻作者略传，在这时曾访到亚历克舍夫，并得到他的许多手拓木刻，这其中就有《城与年》插图。曹靖华先生回国后，于1933年冬天由北平到上海去看望鲁迅，同时便把这些木刻带给鲁迅。鲁迅看到后，十分珍爱，将其中的一部分编入《引玉集》。《城与年》插图因系完整的一套，鲁迅当时考虑，这书"也是一部巨制，以后也许会有译本的吧"，所以在《引玉集〈后记〉》中说"姑且留下，以待将来"。1934年5月，曹靖华又将《城与年》一书的俄文精印本寄给鲁迅，鲁迅将它收藏的手拓本和原书对照一过，6月11日在复信中说："和书一对照，则拓本中缺一幅，但也不要紧，倘要应用，可以从书上复制出来的。"

但促使鲁迅一定要印这本书的原因是在1935年初，从捷克京城德文报上看到一段消息，在介绍《引玉集》时，插图作者亚历克舍夫的名字上面加了"亡故"一字。鲁迅看到这段消息颇出意外，又很悲哀，他在《城与年》插图本小引中说："和我们的文艺有一段因缘的人的不幸，我们是要悲哀的。"并说明，从其自传中知道，这位亚历克舍夫仅仅活了40岁，但在短促的一生中，却刻了三种名著的插图，且将两种都寄给中国。鲁迅感慨地说："一种虽然早经发表，而一种却还在我的手里，没有传给爱好艺术的青年——这也该算是一种不小的怠慢。"因此要设法将它出版。

由于《城与年》一书在中国没有译本，为了使读者对于木刻插画更加了解，鲁迅请曹靖华写一概略。在1935年2月7日给曹靖华的信中说："《城与年》的概略，是说明内容（书中事迹）的，拟用在木刻之前……木刻画想在四、五月间付印，在五月以前写好就好了。"1936年1月4日收到曹靖华写的《〈城与年〉概略》，3月份鲁迅抱病为《城与年》插图本写了《小引》，并草拟了插图本的封面（这个草拟的封面手迹，至今仍和鲁迅写的《小引》一起，保存在博物馆里）。以后鲁迅又根据

《概略》写了插图说明。用意是："想每幅图画之下，也题一两句，以便读者。"但其中有五图，从《概略》中无法辨出是说明什么，鲁迅曾于1936年5月8日写信给曹靖华，请他对这几幅图再加一点说明。最后由鲁迅拟订，并对这28幅插图亲笔写了27条说明。鲁迅还精心地安排了这本书的印制方法，5月10日文说"仍用珂罗版，付印期约在六月，是先排好文字，打了纸版，和图画都寄到东京去"。只是由于后来病情加重，身体衰弱，已经无暇顾及这个集子的出版了。直至1936年8月27日在给曹靖华的信中仍说："《城与年》尚未付印，我的病也时好时坏，十天前吐血数十口……"为了革命事业，鲁迅真是呕尽了心血，但他终究未能见到《城与年》插图本的出版，真是憾事。

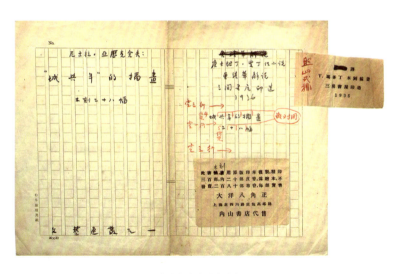

《城与年》插图本

空雨行

第 △ △ 引

空一行

　一九三四年一月二十三夜,作"引玉集"的"後記"時,曾经引用一個木刻家為中國人而寫的自傳——

"亞历克舍夫(Nikolai Vasilievih Alekseev)。△綫畫美術家。△一八九·四年生於丹望(Tambovsky)省的莫爾襄斯克(Morshansk)城。△一九一七年畢業於列寧格勒美術學院之鏤寫科。△一九一八年同始印作品。△現尚作於列寧格勒動话出版所:'大學院','Gih'(國家文藝出版部)和'作家社版所'。

三要作品:陀思妥夫斯基的'博徒',斐定的'城與年',高爾基的'母親'。

　　　七,三O,一九三三。亞历克舍夫。"

繼之後,是我的幾句叙述——

"亞历克舍夫的作品,我這里有'母親'和'城與年'的全部,前去中國已有地谤先后的译本,周山全都收入去;後書世是一部巨製,此後也许會有譯本的罢,妹且留下,以俟將来。"

《城与年》插图本《小引》1

110

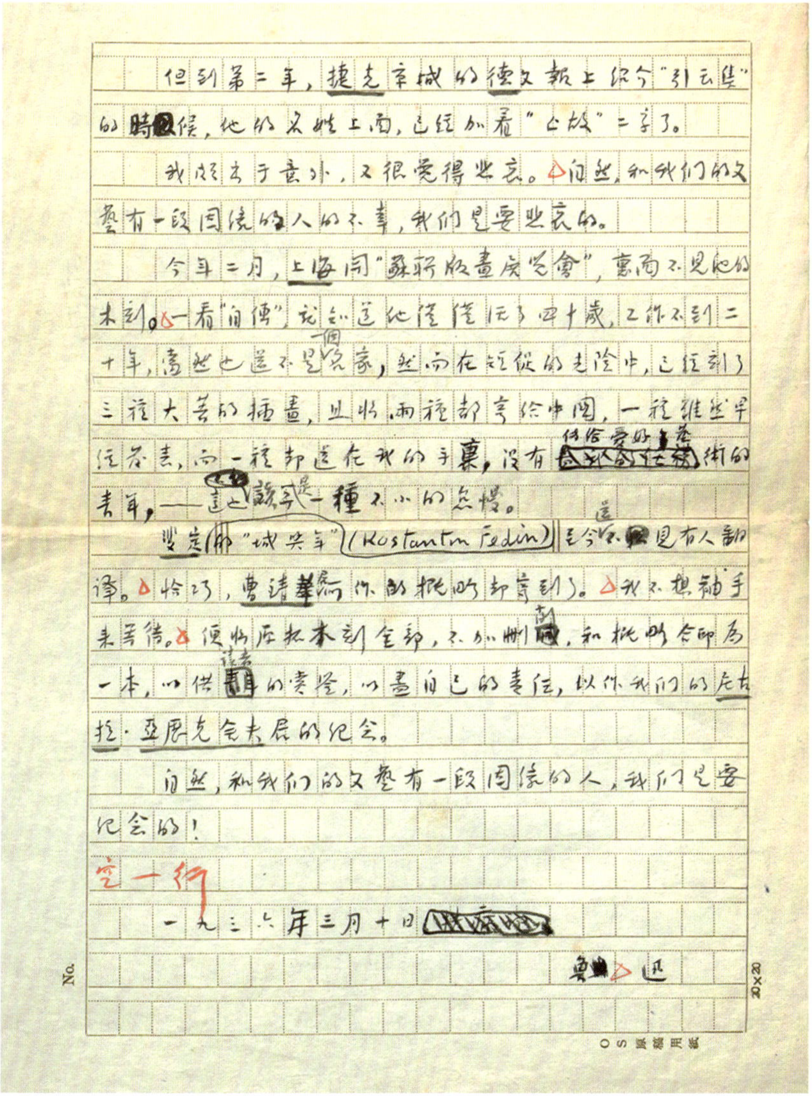

但到第二年，捷克京城的德文报上纪念“引玉集”的时候，他的名姓上面，已经加着“亡故”二字了。

我颇出于意外，又很觉得悲哀。自然，和我们的文艺有一段因缘的人的不幸，我们是要悲哀的。

今年二月，上海开“苏联版画展览会”，里面不见他的木刻。一看“自传”，说知道他僅僅活了四十歲，工作不到二十年，当然也还不是一個名家，然而在短促的光阴中，已经刻了三种大书的插画，且将两种都寄给中国，一种虽然早经发表，而一种却还在我的手裏，没有传给爱好美术的青年，——这是一种不小的怠慢。

斐定的“城与年”（Kostantin Fedin）至今还没见有人翻译。恰巧，曹靖华君所作的概略却寄到了。我不想袖手来等待。便将原木刻全部，不加删节，和概略合印为一本，以供读者的赏鉴，以尽自己的责任，以作我们的亚历克舍夫的纪念。

自然，和我们的文艺有一段因缘的人，我们是要纪念的！

空一行

一九三六年三月十日

鲁迅

《城与年》插图本《小引》2

1936 年 10 月鲁迅逝世以后，曹靖华先生没有忘记鲁迅的遗愿，但是由于帝国主义的铁蹄对国土的践踏，再加自己生活颠沛流离，有关书籍和插图散失殆尽。不得已便写信给《城与年》的作者斐定，提出自己要翻译他的作品，请他撰写序言，并帮助寻找该书的精印本和亚历克舍夫的插图。1945 年下半年接到斐定回信，表示欢迎翻译他的作品，但非常抱歉地说明，由于战争的破坏，亚历克舍夫的插图，在苏联已无法寻觅了。在万般无奈的时候，曹靖华先生于 1946 年曾专程到上海去，想从许广平先生那里找到有关这本书的材料。到上海后，将此事告知许先生，许先生就带着他到鲁迅的藏书中，一件件翻阅查找。那时正是七、八月的大热天气，他们二位翻了整整大半天，真是功夫不负有心人，不但从中找到亚历克舍夫的插图原拓，还找到了俄文《城与年》的插图精印本，而且还出乎意料地找到了鲁迅用宣纸为每个插图写的说明，一条一条地夹在书内的每个插图中，共 27 条。看到这一切，他们的激动心情真是难以用语言来表达。的确，在这次空前弥漫世界的战火里，连苏联本国都难以搜求到的东西，而在这里却还完整地保存着。曹靖华找到这本书的俄文精印本以后，又冒着酷暑，将书全部译出。1947 年这本书作为中苏友好协会文艺丛书之一，由骆驼书店出版。全书附图 28 幅。并将鲁迅亲笔写的 27 条说明，影印于每图之下。这样才算完成了鲁迅生前未能做完的一件工作。1962 年曹靖华同志将《〈城与年〉概要》连同他保存的鲁迅书信一起捐赠给博物馆，这本书成了国家宝贵的文物而被珍藏。

鲁迅 1936 年 8 月 2 日致曹白信中说："凡是为中国大众工作的，倘我力所及，我总希望（并非为了个人）能够略有帮助，这是我常常自己印书的原因。"他在编辑和出版战友的遗著时，同样是不顾个人辛苦的。1936 年 4 月 22 日日记中记有："夜校《海上述林》上卷讫，共六百八十一页。"9 月 30 日日记上还记有："上午校《海上述林》下卷毕。"时距逝世仅十几天。我们从保存下来的厚厚两本《海上述林》的校样中看到鲁迅用红笔修改的密密麻麻的字迹，在这些校稿的字里行间，包含着对战友的深沉悼念和对敌人的无比仇恨。

《海上述林》（下卷）插图说明

鲁迅非常珍重战友的遗著，在整理的过程中，对原稿和原刊，不轻易地做什么改动。他在上卷《序言》中说："对于文辞，只改正了几个显然的笔误和补上若干脱字；至于因为断续的翻译，遂使人名地名的音译字，先后不同，或当时缺少参考书籍，注解中偶有未详之处，现在均不订正，以存其真。"但在编辑下卷时，打破了原来的体例，这又是为什么呢？在《序言》中有这样一段说明："因了插图的引动，如雷赫台莱夫（B. A. Lekhterev）和巴尔多（R. Barto）的绘画，都曾为译者所爱玩，观最末一篇小说之前的小引，即可知。所以这里就不顾体例和上卷不同，凡原本所有的图画，也全数插入。"鲁迅所说"最末一篇小说之前的小引"即瞿秋白在《译文》二卷三期上为发表《第十三篇关于列尔孟托夫的小说》所写的《小引》。文中写道："所附的三幅插图，读者可以仔细的一看，这是多么有力，多么凸现。"可见瞿秋白同志当年在翻译这些文章时，确曾被插图所吸引，但发表的刊物并未将插图全部收入。《第十三篇关于列尔孟托夫的小说》原书中有巴尔多插图四幅，而《译文》发表时只刊三幅；《二十六个和一个》和《马尔华》原书上有雷赫台莱夫插图八幅，前者发表在《文学》第二卷第三期上，后者发表在《世界文库》第五册上，均未收入插图。鲁迅在为瞿秋白编辑遗文时，想到了译者当初的喜爱，因而根据原书将插图全部补入。现在在鲁迅手稿中还保存着他为《二十六个和一个》和《马尔华》两篇译文中所插入的雷赫台莱夫的八幅插图所写的说明手迹，稿上写着："1. 而我们，用别人的字句，唱着失掉了太阳的活人的愁闷，奴隶的愁闷。""2. 于是她……"这都是按插图的内容，从译文中摘引出来的原句，在每条说明的后面，还详细标明此条说明所在的位置，鲁迅在《海上述林》下卷《序言》中说："这，自然想借以增加读者的兴趣，但也有些所谓'悬剑空垄'的意思的。"这体现着对瞿秋白同志无法用语言表达的深切悼念。

上述几件事例，足以说明鲁迅在书籍的出版和编辑工作上认真负责、细致入微的精神。他为我国新文艺的发展，为世界优秀文化的传播，莳花播芳，呕尽心血，为后人留下了极其宝贵的精神财富，也为从事这项工作的人们留下一个永远值得学习的楷模。

原载书目文献出版社 1983 年版《鲁迅著作版本丛谈》

五四时期鲁迅批改的几首诗

　　在中国文学革命的新声中，鲁迅的《狂人日记》被誉为中国文学革命的第一声春雷而载入中国文学革命的史册。但鲁迅不只是中国白话文最早的创作者，也是五四时期新诗歌最早的创作者之一，如《梦》《爱之神》《桃花》等新诗，都是与《狂人日记》同期发表在《新青年》上的。但鲁迅也曾自谦地说："只因为那时诗坛寂寞，所以打打边鼓，凑些热闹；待到称为诗人的一出现，就洗手不作了。"实际上鲁迅还为新诗的繁荣做了大量的工作，付出过辛勤的劳作。

　　新诗歌的出现是一场革命，受到当时封建卫道者的反对，在《新青年》的通讯栏中，曾有读者来信反映道："《新青年》提倡新文学以来，招社会非难，也不知有多少……而其中独以新体诗招人反对最力……以为诗可以这般随便做法，岂不是把他们斗方名士派辱没了吗？"为了扫荡这些斗方名士派的无聊文人，鲁迅、刘半农、周作人曾采取巧妙而生动的形式，给斗方派诗以辛辣的讽刺。就在《新青年》四卷五号发表鲁迅、刘半农的诗的后面，有一段"补白"是以刘半农与周氏兄弟通信的方式出现的。刘半农信上说:"周氏兄弟都是我的畏友。一天,我做了一首斗方派的歪诗,寄去请他哥俩指教,诗曰:'苍天万丈高,翠柏千年古,我身高几何?我寿长几许?以此问夕阳,夕阳黯无语!'"

周作人的回信说:"今早接到大作,读过后,便大家'月旦'起来:家兄说,'形式旧,思想也平常。'……"这是他们共同对斗方派旧诗的批判。鲁迅的评语,简单、明确。"形式旧",因为它是八股老调,空洞无物。"思想也平常",是指它没有新鲜的、活的气息。在"补白"的最后,以周作人的名义作了一首和诗:"'寒食'这'一日'奉和寒星诗翁'中央公园即日一首','苍天'不知几'丈高','翠柏'也不知几'年古','我身'用尺量,就知'高几何','我寿'到死时,就知'长几许',你去'问夕阳',他本无嘴无耳朵,自然是'黯无语'。"这首"和诗"真是将斗方派诗批得体无完肤。

与此同时,鲁迅还热切地培植新诗歌的成长,如经鲁迅校、选、阅或编入丛书出版的新诗有《忘川之水》《心的探险》《蕙的风》《君山》《冰块》等等。

不仅如此,我们还找到五四时期鲁迅给周作人修改的五首新诗,其中有《小河》《北风》《微明》《路上所见》《背枪的人》等等。这些珍贵的文物,给我们留下了鲁迅在五四时期批改新诗的真迹,并以此说明鲁迅对新诗的支持是点滴也不放过的。

《小河》是周作人 1919 年 2 月写的新诗,发表在《新青年》6 卷 2 期上,这是周作人早期诗歌的代表作,他自己也颇赞赏。在他的《知堂回想录》中曾有三节论述这首诗,题为《小河与新村》,他写道:"写那样的长篇实在还是第一次,而且也就是第末次了,因为我写的稍长的诗实在只有这一篇。"全诗"共有五十七行,当时觉得有点别致,颇引起好些注意"。从现在保存的原稿上看,在这五十七行的诗中,就有鲁迅修改的八十多处,仔细推敲，使人感到很有特色，如在《小河》的第一段中，周作人的原文是：

一条小河，平静的向前流。
流过的地方，两边都是乌黑的土，
生满了红的花绿的叶，黄的果实。

鲁迅将"平静的向前流"改为"稳稳的向前流动"。这虽是个别词汇的更易，但却给人们展示了一个有声、有色、动的画面，并赋予了它诗的语言。

另一处，原句是：

我生在小河的旁边，
夏天不能晒干我的枝，
冬天不能冻伤我的根，
如今只怕我的好朋友
将我带倒在沙滩上
和水草在一处。

鲁迅把"不能晒干"改为"晒不干",把"不能冻伤"改为"冻不坏",虽只将原字词颠倒一下,却显示了语汇的丰富、洗练,而且顺口易读。他又把"和水草在一处"改为"伴着他卷来的水草",意思虽相同,但更富有诗的意境。这些正符合鲁迅自己后来提出的对新诗歌极为精辟的见解,他说:"诗须有形式,要易记、易懂、易唱、动听,但格式不要太严。要有韵,但不必依旧诗韵,只要顺口就好。"(见1935年9月20日致蔡斐君信)

在鲁迅修改的周作人的另一首新诗《北风》中,除了语句的修改外,更有诗意的内涵。这首诗写于1919年2月,当时正是十月革命传到中国,中国正在酝酿着一场新的革命——五四运动的前夕。这诗是写景的,但也清楚地表露了作者当时的思想。鲁迅对这首诗的修改,有语言上的,如将"就在去年大寒的时候,也不曾有这样的好大风"改成"便在去年大寒时候,也不曾有这么大的风";更有思想上的,如最后一句,原句是"这猛烈的大风也便是将来的春天的先兆",改成"这猛烈的大风,也正是将来的春天的先兆"。一字之差,似乎是增加了重量,它给人以坚定、明朗的信念,坚信在"这猛烈的大风"过后,春天是必然要到来的。

发表于1981年9月22日《人民日报》

鲁迅《自题小像》的又一幅手迹

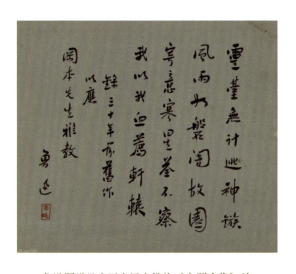

鲁迅题赠日本医生冈本繁的《自题小像》诗

1988 年 5 月 26 日上午 9 时，北京鲁迅博物馆迎来了一位日本客人——南里寿子女士。她是当年在上海篠崎医院给鲁迅和海婴看病的冈本繁博士的侄女。这次她是受福冈市冈本外科医院院长冈本光雄的委托，专程来北京将鲁迅的这件手迹捐赠给北京鲁迅博物馆的。海婴同志和馆领导热情地接待了她。

在捐赠仪式上，南里寿子将她带来的用丝绸包裹的大盒打开，轻轻地托出一件用精致的镜框和绫子装裱起来的鲁迅《自题小像》诗手迹，郑重地交给鲁迅博物馆领导，博物馆的领导以无比崇敬的心情，接过这件渗透着两国人民真挚友谊的珍贵文物。确实，这件在鲁迅逝世50年后才发现的手迹，又经过鲁迅日本友人的后代从千里之外的日本国，送回鲁迅的故国。这里面深深寄托着两代人的情意，两代人的心愿，实在是难能可贵的。

南里寿子女士热情地通过翻译向博物馆的同志介绍了这件手迹的来历及冈本繁博士的情况。

"这幅手迹是鲁迅书赠冈本繁先生的。冈本繁是一位日本医学博士，30年代在上海篠崎医院工作，鲁迅及其家属曾请其治病，因此与其相识，并于1932年12月为他题诗留念。1936年鲁迅逝世后，冈本繁回国，他亲手将鲁迅题赠的手迹珍藏于家中专门贮藏贵重物品的石屋中。三年后，冈本繁去世。因为没有后代，由外甥冈本光雄继承了他的遗产和事业。但鲁迅手迹却一直没有被发现。去年拆开石屋时，竟意外地发现了鲁迅题赠冈本繁的手迹。冈本光雄异常激动，很快将手迹装裱好，并于今年5月委托本人将这一珍贵文物带到中国，捐赠给北京鲁迅博物馆。"

鲁迅题赠冈本博士的《自题小像》手迹，是用宣纸书写的，手迹长24厘米，宽27厘米。查《鲁迅日记》1932年12月9日记有："同广平携海婴往篠崎医院诊……为冈本博士写二短册。"这幅当是其中之一。《自题小像》一诗鲁迅最早是题赠给好友许寿裳的，据许寿裳在《怀旧》一文中说："一九〇三年他二十三岁，在东京有一首《自题小像》赠我。"但这幅手迹未能留存下来。1931年2月鲁迅又先后两次书写了这首诗，这两幅手迹曾多次影印，广为流传。冈本光雄先生捐赠的这幅，系迄今为止公之于世的鲁迅《自题小像》诗的第四幅手迹。

一首《自题小像》，鲁迅先后四次书写、题赠，是鲁迅所有诗歌中他自己书写最多的一幅，足以看出他对这首诗的喜爱和重视。这首诗题赠者是两位，一是好友许寿裳，另一位则是冈本博士。另两幅则未注明题赠者，一直为许广平先生所珍藏，其中一幅于1956年由许先生捐赠给北京鲁迅博物馆，另一幅许先生一直珍藏在身边，现为海婴同志珍藏。

　　冈本藏手迹与流传甚广的1931年鲁迅所书二幅有几处不同。一是在书写方式上，这幅是将七言四句，每句写为一行，而另两幅则每行字数不等；更重要的是此幅将另两幅诗文中的"矢"字，改为"镞"字。这虽在诗意上没有什么变动，但却说明了鲁迅对诗文中字词的斟酌。由于是在1932年12月书写的，所以应当看成这是鲁迅对这首诗的最后修改。因此，这幅手迹的发现就有其更重要的意义。再者，这幅手迹下款书"录三十年前旧作"；而另两幅一书"二十一岁时作五十一岁时写书时辛未二月十六日也"，一书"二十一岁时作五十一岁时写之时辛未二月下旬在上海也"。这将为研究《自题小像》一诗的创作年代，提供了一个新的佐证。多年来对鲁迅这首诗的写作年份和写作地点，曾有各种不同的说法。在年份上有的主张定为1901年，有的主张定为1902年，有的主张定为1903年，也有主张定为1904年的，由于写作年份的区别，因而在写作地点上也就有南京、东京、仙台等不同说法。近年来因陆续发现《清国留学生会馆报告》和鲁迅在仙台医学专门学校时写的《学业履历书》和《入学愿》等，《自题小像》已被大多数人肯定为1903年在东京创作的，而新发现的手迹中所题"录三十年前旧作"则从另一个方面给这种说法提出有力的证据。

　　我们应该衷心地感谢日本朋友捐赠这一极其珍贵的文物。这幅手迹的发现，不仅为研究鲁迅思想和鲁迅的作品提供了重要的第一手材料，其中也蕴含着中日人民之间的深情厚谊。

发表于《鲁迅研究动态》1988年第7期

日本发现的两行鲁迅墨迹

1977 年 7 月的一个下午,一架由日本飞往中国的银燕,跨过崇山峻岭,越过浩渺重洋,带来了日本人民对于中国人民的友好情谊——一套精致的彩色照片和一卷胶片。这是日本朋友赠送给鲁迅的儿子周海婴同志的珍贵礼物,是中日人民友谊的象征。

鲁迅先生同日本人民结下了深厚的友谊,深受日本人民的衷心爱戴。早在 40 多年前,一位日本朋友松枝茂夫在读一本中文书籍时,遇到了"尾闾"一词,不知做何解释,就问鲁迅先生的日本朋友增田涉,增田涉又写信请鲁迅帮助解决。鲁迅收到信后,很快回信解释了这个词的意思,增田涉便把鲁迅解释有关"尾闾"的部分剪下来,随信寄给了松枝茂夫。

42 年过去了,松枝茂夫在和其他人一起整理增田涉早年写给他的信件时,意外地在 1935 年 11 月 3 日的增田涉来信中,发现了鲁迅先生这两行宝贵的手迹。

这一意外的收获,使日本朋友又惊又喜。经查对,发现鲁迅先生 1935 年 10 月 25 日致增田涉信缺少了两行，再向增田涉的儿子借来鲁迅书信原件，确实有两行被剪掉了，将新发现的手迹放在剪掉的地方，完全吻合。于是松枝茂夫急忙把这一消息写信报告给鲁迅生前的日本朋友内山嘉吉，但当时内山嘉吉正在中国访问，他的家属就委托即将访华的安井正幸先生，请他把松枝茂夫的信带到北京转给内山嘉吉。内山嘉吉看到信后，万分欢喜，又及时把这一喜讯告诉了鲁迅先生的儿子周海婴，并答应要把实物拍成照片送到中国。

　　终于在 1977 年盛夏的一天，海婴接到了内山嘉吉托中国国际书店副经理曹健飞带回的鲁迅致增田涉书简的彩色照片及其胶片一卷。内山嘉吉先生在给海婴的信中说："此次从事复制工作，曾蒙增田涉之子游君的热情支持和松枝茂夫先生的极大努力。" "此外，有坂よしかす对于拍照也做出了努力……"读着这真诚的来信，看着那精心拍摄的彩色照片，想到由于日本朋友的努力，才使鲁迅先生留在日本的许多文物得以保存下来，此时此刻，我们的心早已越过大海，飞到日本友人的身边，感激地对他们说："谢谢你们！"

　　也在此时此刻，勾起我们许多美好的回忆：在青叶山麓的鲁迅纪念碑前，瞻仰的人对着鲁迅先生肃然起敬；在仙台市举办的"中华人民共和国鲁迅展览会"上，增田涉拿出了他珍藏多年的鲁迅赠送给他的物品，使展览会锦上添花，增光生色；在日本国土上，"鲁迅先生颂扬会""鲁迅研究会""鲁迅学习会""学习鲁迅小组"等各种组织犹如山花开放，长年不断……

　　还是此时此刻，我们的眼前，仿佛展现了一幅中日人民友好

日本发现的两行鲁迅墨迹

交往的绚丽图画，而鲁迅对于日本人民的深厚友谊和日本朋友对于增进中日友好做出的许多贡献，都为这一图画增添了光彩。它像彩带，将把中日人民的友好感情更加紧紧地接连在一起，直至更加美好的未来。

发表于《鲁迅研究资料》1980 年第 6 期

包袱中的宝物

　　1960 年 1 月的一天下午，许广平先生突然来到博物馆。她没有去找馆领导，也没有到陈列大厅去看展览，与平时陪外宾来馆参观和来馆指导工作不同。她一身素装，手里提着一个白色的小包袱，直接来到我们的文物库房。库房是建馆初期盖的平房，房子很低矮，设备很简陋（与现在的库房相比，简直是天壤之别），但许先生对此并不在意。她是来找许羡苏先生的。许羡苏先生是她的老同学、青年时的好友。许广平先生之所以能把大批鲁迅文物安心地交到鲁迅博物馆，与许羡苏先生是分不开的。

　　当时我与许羡苏先生正在核对文物，见许广平先生来了，忙起身迎接。许广平先生走进库房，把包袱放在桌上，并轻轻打开。她简单地做了交代，并从中抽出几份稿件（我看到这稿件似乎很像她的笔迹）。她轻声但又非常肯定地对许羡苏先生说："这些文章和鲁迅的书信在我生前请不要发表。"然后就把这个包袱包起来交给许羡苏先生，似乎没有更多的语言，这些文物就这样交接了。许广平先生又坐了一会儿，就匆匆告辞了。

许广平先生走后，我和许羡苏先生打开这包袱。我们惊喜地发现，里面有鲁迅致许广平当时未发表的书信 7 封和许广平致鲁迅的书信 11 封。它们都是 1932 年 11 月间鲁迅回北京探望母亲时二人的通信。这些书信应当是未编入《两地书》的那一部分。更使我们震惊的是，这里面还有周恩来总理的手迹，那是一份周总理在文化部文物局上报的《为华东军政委员会文化部拟筹设上海鲁迅纪念馆征询意见》文件上的批示："同意许副秘书长于十月中赴沪一行，周恩来八. 四。"并附《筹备鲁迅纪念馆建馆计划草案》一份。另一份是周总理亲笔写的"上海鲁迅纪念馆"的题名手迹。这应当是上海鲁迅纪念馆建馆的中央批件和周总理为上海鲁迅纪念馆的题名。我们知道这些都是重要文件，因而立刻报告馆领导，并及时用挂号寄给上海鲁迅纪念馆。而今，在上海鲁迅纪念馆编辑出版的《上海鲁迅纪念馆馆藏文物珍品集》中收录了这件周恩来总理的批件，并注明"一九六〇年一月北京鲁迅博物馆提供"，原文如下：

> 1950 年 7 月下旬，中央文化部文物局同意筹设上海鲁迅纪念馆，并征询政务院副秘书长许广平的意见。8 月 4 日，政务院总理周恩来在函件上批示同意许广平赴沪指导建馆。1960 年 1 月北京鲁迅博物馆提供。

包袱中包着许广平先生再三嘱咐的在她生前不要发表的稿件：一为鲁迅致许广平的 7 封信，再有是许广平的《风子是我的爱》，还有一篇是《魔祟》。这两篇文稿中蕴含着青年许广平对鲁迅纯真的爱。她提出在她生前不要发表是可以理解的。鲁迅博物馆鲁迅研究室遵从先生的嘱托，在先生逝世后的 1985 年才将两篇文章首发于《鲁迅研究动态》第一期，由陈漱渝先生和李允经先生分别写了介绍，对文章做了很好的诠释。

小包袱中还有一些零星的文物，这应当是许广平先生对鲁迅博物馆的最后一批捐赠了。她没有声张，更没有提出任何的要求，就这样悄悄地放下，悄悄地离开了。在博物馆建立的过程中，许广平先生对鲁迅博物馆提供的鲁迅文物大到鲁迅故居，鲁迅文稿、书信、日记……小到鲁迅的一张字条，都是尽其所有、无条件地给予国家，给予博物馆。她不只是鲁迅文物的保护者，更是鲁迅文物的无私奉献者。她为了我们，为了我们的子孙后代留下这一大批珍贵的文化遗产，我们要永远地纪念她，铭记她的伟大功绩与贡献。

发表于《上海鲁迅研究》2018 年第 1 期

北京阜成门西三条鲁迅故居的购买与改建

　　西三条鲁迅故居是鲁迅在北京居住过的故居中唯一完整保存下来的一座。这不仅是因为鲁迅在这里创作了著名的《野草》《华盖集》《华盖集续编》等著作，也不仅是因为鲁迅在这里从事过教育工作，并接待过无数来访的青年，它更深层的意义还在于这座故居是鲁迅亲自设计并经手改建的。为改建此房，鲁迅亲手绘制了图纸。从这些图纸中，不仅可以看到鲁迅设计时的几种设想，还可以从他最后的定稿以及西三条故居建筑的实绩中，体现鲁迅在房屋设计上的造诣。

　　1923 年 8 月 2 日，鲁迅"携妇"从八道湾迁出，借住在砖塔胡同 61 号。由于这里房屋窄小且环境嘈杂，也由于母亲提出要与他们同住，因此鲁迅带病四处觅屋。从该年的 10 月中旬直到月底均忙于四处看屋。这一时期鲁迅的日记上经常有看屋的记载，"访李慎斋，同出看屋数处""午后往半壁街看屋""午后往德胜门看屋""午后往针尖胡同看屋"等等，最后于 10 月 30 日"午后杨仲和、李慎斋来，同至阜成门内三条胡同看屋，因买定第廿一号门牌旧屋六间，议价八百"，并且"当点装修并丈量讫付，定泉十元"。丈量毕即由丈量者绘一图，图长39.7厘米，宽29.4厘米，道林纸，用红、黑两种墨水标明尺寸（图1）。图上绘房屋七间，即前院三间，后院三间，还有东厢房一小间（此间在出售时，未计在内）。次日晚鲁迅自己又绘房屋图三张，见鲁迅日记1923年10月31日"夜绘图三枚"。这图一直完整保存在西三条故居内，其中一张为原房图，二张为鲁迅设计的房屋图。所绘的原房图亦为道林纸，图长39.1厘米，宽23.4厘米，这是以丈量的图纸为蓝本，但在尺寸上略做订正。据一些建筑师介绍，那时丈量常用绳子，误差是有的。可能经过重新丈量，鲁迅将原丈量图上的前三间房子的进深"一丈一尺八寸"改为"进深一丈二尺"，后三间房的进深"一丈三尺五寸"改为"进深一丈四尺"，取消了原来丈量图上的东厢房。这图与鲁迅日记所记"买定……

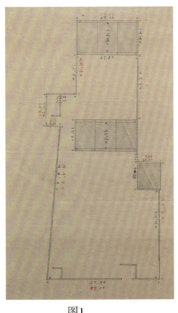

图1

图2

旧屋六间"是相符的。图上还写明"计东西前长五丈零九寸，后长二丈九尺，南北左长十丈零九寸，右长十丈零三尺"，为买房成交时丈量的面积尺寸（图2）。另两张为设计图，其一（图3），图长25.5厘米，宽16.2厘米，毛边纸。此图的布局是在原旧房格局——前院三间、后院三间的基础上，在前三间的后边增加一间"老虎尾巴"。鲁迅在八道湾就曾住过正房后面的"老虎尾巴"，必然对于"老虎尾巴"建筑的优越性有切身的体会，所以在这个设计上，特加上老虎尾巴一间。同时还将前院增加五间南房和一间西厢房，并把原来的东厢房加大，大门开在东南角。此图是在原旧房七间的基础上，将前院增加七间房，连同门道共八间。这样房子是增加了不少，但统观前后两个院的布局，就感到塞得很满。鲁迅的第二张设计图（图4），图长25.5厘米，宽16.2厘米，亦绘在本色毛边纸上。此图与前图不同之处是，取消了后院的三间房，前院保持原设计，整个建筑集中在前院。同时在这图中还进一步明确了各间房屋的建筑规格，即图中加黑点者为灰顶房，未加黑点者为瓦房。图上不仅标明有方位和尺寸，还注明了邻界。从全图的布局来看与现在的西三条21号房屋布局是

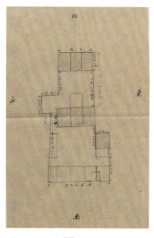

图3

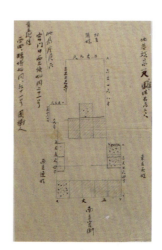

图4

基本一致的，无疑是定稿图。图
纸上还有几条说明，从笔迹看，
"宫门口西三条胡同二十一号"
"现住西四砖塔胡同六十一号周树
人"等字，均为鲁迅所书。这些
说明从字体看，均为图绘成后，
在确定施工时添加的。这幅图也
可以说是一幅施工图纸。但如仔
细查看，也可以发现与现在的故
居有不同之处。如图上的东西厢

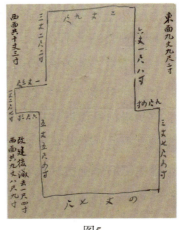

图5

房之间有一条断开的横线，从位置上看，像是一堵花墙，将前院
隔开。这种建筑形式，有些近似八道湾的格局，可能因为院子比
较小，最后未采用。但图的总体设计安排是与西三条现行建筑相
符的。另有一小图，亦为毛边纸（图5），系该房的面积图。

从设计图纸到建筑方案的实施，这之中还是有一个选择过程
的，在鲁迅这时期的日记中有这样的记载，如1923年12月16日
记有："至四牌楼呼木匠往西三条，估修屋价值。"又12月20日
有："往西四牌楼呼木工，令估修理西三条胡同破屋价目。"这两
则系请木工，并提为"修屋"或"修理""破屋"。而1924年1
月15日则记"与瓦匠李德海约定修改西三条旧房"，此处则是请
"瓦匠"并"修改""旧房"。从中可以看出一开始鲁迅是想修理
这六间"破屋"的，从他当时的经济情况来看，也是可以理解
的，因为购买此房的款项，他都是从许寿裳和齐寿山那里借来的，
但请木匠估了价后，可能因为不合算或还有其他的原因未谈妥。1
月15日又与瓦匠李德海商定了"修改""旧房"的方案，最后是
和李德海订了"修改"此屋的合同。这份经鲁迅和瓦匠李德海商
定的修改旧房的合同——《做法清单》，一直被房主人珍藏着，至
今已70多年了，仍完好如初。《做法清单》可以使我们清楚地了

解到此房当年修建的方法、修建的要求，用料的规格及数量，以及实际的价格等等情况，是西三条房屋修建的最原始的档案记录。

从这份《做法清单》（以下简称《清单》）上，我们看到，当时为了节省开支，整个建筑在用料上是尽量取用原房的旧材的，甚至是修补着加以使用的，如在《清单》上对北房三间的做法中写明："有旧柱子墩接损伤檩椽添换。"对老虎尾巴则写明："后虎尾榻板旧的刮抱（刨），见新。"南房则是将原有后院三间的旧料移用，在《清单》上写明"原有后大房三间改做临街南房，新添门道一间"，墙是用"碎砖兑灰泥垒砌"。根据记载，修缮费总计花去"大洋元壹仟零贰拾元"。现在还保存着鲁迅当年为李德海支钱所立的折子，封面上有鲁迅写的"李德海支钱折"，里面有付李德海钱 11 笔，均为鲁迅亲笔。其数字与日记所记相吻合。至今，这钱折不仅作为西三条房屋修建的原始档案被保存着，也作为鲁迅的珍贵手迹被国家所珍藏。

在建造此房的过程中，鲁迅在教育部同事李慎斋的帮助下，还亲手操办了这房屋改建的各项事务，从"看瓦，木料""看卸灰"到"呼漆匠，裱糊匠"等等均为"手自经营"。此房于 1924 年 5 月 12 日修建完工，再经过"加油饰"等等，鲁迅及其家人于 5 月 25 日迁入。

房屋居住的情况是这样的：南房是藏书和会客的地方，东厢房是女工住室，西厢房是厨房，北房东边为母亲的住室，西边为朱安夫人的住室，中间屋是全家人的起居室和用餐的地方，穿过中间屋，最里边的一小间，是鲁迅的工作室兼卧室"老虎尾巴"。1925年4月5日鲁迅请云松阁来，在前院种植了"紫、白丁香各二"，在后院种了"碧桃一，花椒、刺梅、榆梅各二，青杨三"等树，使小小的庭院更增添了无限的生机。

西三条房屋从设计到改建体现了它的特色：

首先，改建后的西三条21号，是一个更具有北京特色的小型四合院。大门开在房子的东南角，这是合乎北方的风俗习惯的。进入大门迎面是影墙，走十多步，要经过四扇平门跨入前院，与平门相对应的西边也有四扇平门，形成了西南角的一个小跨院。而从前院通往后院的夹道上又有一小门。这样从房屋设计到装修上，把前院形成一个整体，突出了四合院的特点，给人以小巧玲珑之感。鲁迅没有学过建筑，但据一些建筑专家分析，这个小小四合院的设计，还是很讲究的，反映了鲁迅在建筑设计上的造诣。

其次，这个房屋的设计，体现了鲁迅的设计思想。在改建中鲁迅共设计两个房屋图，第一方案，可能考虑的是多建房，所以前后院都布满了房屋，从利用地皮上来说是达到了一定的效率，但从鲁迅当时的实际居住人口和对居住环境的处理上是不够科学的。因而最后是放弃了前者，而采取了第二方案。因为这个方案比前者更实用也更符合鲁迅的一贯主张。他曾在书籍装帧上提出"喜欢留些空白"的主张，并批评"不留余地"的做法，他曾在《忽然想到（二）》中指出："翻开书来，满本是密密层层的黑字……使人发生一种压迫和窘促之感，不特很少'读书之乐'，且觉得仿佛人生已没有'余裕''不留余地'了。"并以此"类推到别样"，"例如现在器具之轻薄草率，建筑之偷工减料，办事之敷衍一时，不要'好看'，不想'持久'，就都是出于同一病源的"。这种"留有余地"的思想，在鲁迅这个设计上，或者说在西三条房屋的改建上，是得到了具体体现的，因而使这座小院又具有它的独到之处。

在这种思想指导下，西三条房屋设计布局紧凑，善于利用空间。故居整个面积为五分六厘，分成前后两个院。前院形成一个小巧的四合院，而在北房的后面安排一个后园，使人感到宽松、舒展。前院有鲁迅手植的白丁香、紫丁香，后院有鲁迅种的黄刺梅、榆叶梅、青杨等。房主人均住在北房，前后贯通，花树相映，给人以幽美和清心之感。这是由于较好地利用了现有的空间，并且注意"留有余地"，因此达到较好的效果。

再者，"老虎尾巴"的设计极为巧妙，体现了经济、实用兼顾美观的原则。"老虎尾巴"室内面积8.4平方米，屋高2.5米，灰顶，造价便宜，用料少。特别把窗户开在北墙，首先是采光好。鲁迅曾说："北窗的光，上、下午没有什么变化，不像朝东的上午要晒太阳，朝西的下午要晒太阳。开北窗，在东壁下的桌子上下午都可以写作、阅读，不至于损害目力。"这北窗开得很讲究，窗大墙矮，窗与墙的比例是三比二，北窗全部采用大玻璃。窗户大，不只使光线充足，而且可以使室内外连成一体，屋子虽小，却使视野开阔了，坐在"老虎尾巴"北窗前，可以将后院的景物尽收眼底，无形中扩大了室内空间，使小小的斗室，随着季节的变化更替着自然的景物，从而使室内充满了生机。在建筑的美学上则称此为"借景"或"移景"。从"老虎尾巴"的北窗望出去，又可见鲁迅《秋夜》一文中描写的景况："在我的后园可以看见墙外有两株树，一株是枣树，还有一株也是枣树"，"默默地铁似的直刺着奇怪而高的天空。"这北窗给初访者的印象，也是极深的。许广平在初访西三条21号时，就有很深的感触，她在给鲁迅的信中写道："'尊府'居然探检过了！归来后的印象，是觉得熄灭了通红的灯光，坐在那间一面满镶玻璃的室中时，是时而听雨声的淅沥，时而窥月光的清幽，当枣树发叶结实的时候，则领略它微风振枝，熟果坠地，还有鸡声喔喔，四时不绝。晨夕之间，时或负手在这小天地中徘徊俯仰，盖必大有一种趣味。"这富有诗情画意的描绘，是对"老虎尾巴"里的情趣有深刻体验而发的。这也从另一面赞扬了鲁迅在设计实践上的成果。

还有，在房屋的内部装修上，也是既注意经济又兼顾美观的。北房三间和南房三间均用隔断分开明间与次间。隔断下部用近一米高的薄木板，上面用木条组成方格，用纸裱糊，这样既节省费用，也美观大方。它与一般北方的老式隔断不同，不少搞建筑的同志看后都有同感，认为有些日本的风味，这可能与鲁迅在日本居住过有关。"老虎尾巴"与中间屋是用旧式的隔扇分开，二者可以有分有合，夏季打开可以通风，为避喧也可以关起。这隔扇上贴着老式花纸，这种花纸至今至少有 70 余年的历史了，虽有些发黄变脆，然而花纹图案的色彩仍鲜艳。采用隔断或隔扇，夏季可以使室内凉爽，冬季可以节省取暖用火。据一些老先生回忆，当年"老虎尾巴"室内不生火，而是与中间屋共一个火炉。南屋会客室内也有一装饰性隔扇，置于两间屋之间，使室内增加美的色彩。总之，在装修上，鲁迅是在注意经济适用的同时，又注意美观与协调。

再次是，在房屋的土建上，周密地安排了排水设施。除了院内的渗水沟外，还在大门一侧，专开了一个小夹道与邻街相通，是为大雨时，将院内的积水排出，以防被淹。可惜 1951 年修故居时，未发现此中的奥妙，翻修时未按原样恢复，而将沟眼堵塞，仅留夹道，人们不解此夹道的功用，经常提出疑问。致使每逢大雨，故居院内积水，虽经修沟排水，但大雨时，院内仍不免积水。前两年经鲁迅表侄妹等说明，才明了此情。这有待今后进一步解决。

值得一提的是，1928 年前后，鲁迅的母亲为了扩大自己的居室，曾将她的房间（北房东间）的后墙往后推移，与"老虎尾巴"的后墙相连接。因而从后院看，已看不出拖在后面的"老虎尾巴"的原貌了。60 年后鲁迅博物馆经请示上级才恢复"尾巴"

的原样。

西三条 21 号故居，建成至今已 75 年了，在这 70 余年的风风雨雨中，它也历尽了沧桑。1926 年鲁迅因受到段祺瑞政府的通缉和渴望南方的革命形势，于 8 月离开北京到厦门教书，留下鲁迅的老母及朱安夫人在此居住。1943 年鲁母去世，这里就仅有朱安独自守护了。1946 年朱安已是近 70 岁的老人了，由于生活艰苦、体弱多病加之形势的恶劣和病情逐渐加重，是在非常艰难的情况下维护着故居的安全。这曾引起鲁迅的亲友及热爱鲁迅的人们的忧虑，为了保存这有纪念意义的故居，不少人为此出谋划策。为了保住这份"房产"，在热心人的建议下，朱安曾于 1946 年 1 月通过地方法院立下字据订立了《赠与契约》，将此房转赠给周海婴（海婴当时曾用"周渊"的名字），契约是这样写的：

> 周树人公（即鲁迅先生）遗产业经周朱氏与周渊分割无异，周朱氏所得北平宫门口西三条胡同贰拾壹号房产地基以及其他房产书籍用具出版权等一切周树人公遗留动产与不动产之一部，情愿赠与周渊，周渊及其法定代理人许广平允诺接受并承认周朱氏生养死葬之一切费用责任。为免日后纠纷特立此约为据。

赠与人　周朱氏　印

受赠人　周　渊　印

法定代理人　许广平　印

证人　沈兼士　印

张荣乾　印

吴昱恒　印

徐　盈　印

阮文同　印

宋紫佩　印

1947 年 3 月 20 日从地方法院又取得《北平地方法院认证书》。1947 年 6 月 29 日朱安去世了，这位在故居居住时间最长的主人告别了人世。一些为保护鲁迅故居而绞尽脑汁的人们，及早地做了准备，他们更巧妙地想出了利用旧法院查封的办法，将鲁迅故居保护起来。1956 年北京鲁迅博物馆正式建成，鲁迅故居则作为博物馆的重要组成部分，同时向观众开放。以后每两年，鲁迅故居都要加以油饰和维护。1962 年由于北房房梁老损，进行了掀顶，更换了大梁和加固维修。1976 年唐山大地震波及北京，鲁迅故居完好无恙，经受住了考验。1986 年鲁迅逝世 50 周年，对鲁迅故居又进行了一次较彻底的修缮，恢复了"老虎尾巴"的原貌，从室内的布置上也恢复了朱安的住室。至此，鲁迅故居已恢复到鲁迅在此生活时的原状。

　　鲁迅故居这座小小的庭院，它虽"小"，却有着不平凡的历史，它的存在再现了鲁迅的生活和业绩。

　　　　　　　　　　发表于《鲁迅研究资料》1991 年第 23 期

北京阜成门西三条鲁迅故居的购买与改建

鲁迅的《家用帐》

在北京鲁迅故居的文物中，存有鲁迅亲手记的三册《家用帐》。

在人们的心目中，鲁迅是一位眼观国际国内动态、叱咤风云的文学家、革命家。而鲜为人知的是，鲁迅在生活上却是一位非常仔细、善于精打细算过日子的人。这几册《家用帐》能使我们对鲁迅的生活有更深层的认识，或者说是看到鲁迅生活的另一面。

这三册《家用帐》记录的时间是从农历癸亥年六月廿日至乙丑年十二月廿九日（即 1923 年 8 月 2 日至 1926 年 2 月 11 日），地点是在北京西四砖塔胡同 61 号和宫门口西三条 21 号。在前者的时间为 1923 年 8 月 2 日至 1924 年 5 月 24 日，在后者的时间为 1924 年 5 月 25 日至 1926 年 2 月 11 日。两地共记家用账三册 35 页，本色竹纸，开本为 13×16.5 厘米，是用自制的纸绳装订的，每册封面都写有"家用帐"三个字，并分别书明"癸亥年""甲子年""乙丑年"的年份。

甲子年《家用帐》

　　鲁迅的家用账是别有特色的，与他的日记全然不同。首先，是以农历记日，鲁迅1912年至1936年日记，全部用公历，而《家用帐》为何用农历呢？这可能是因为家庭生活和农历关系较密切，一则为了附和家人的习惯，再则，也由于农历便于掌握传统节日的安排。如《家用帐》中每逢春节、端午、中秋等节日的前夕均有对女工或车夫进行"节赏"的记载，"房租"的付款日期也在农历月初等等。鲁迅的《家用帐》是名副其实的"家用"账，只记家庭生活上的开支，它与《鲁迅日记》上的支出完全不同，并且很少重复。在记法上，是只记大项的用钱数，不记具体的，如葱、姜、蒜；在钱数的记法上与现今的也不同，小数点后面有三位数，代表的"角、分、厘"，说明当时的币制，那时还有铜圆，还以"吊"计价，如癸亥年六月廿日记有"煤球百斤八吊"。

　　这份《家用帐》虽只有35页360条，时间仅有2年6个月，但却使我们了解到鲁迅生活的另一个侧面，并可以清晰地看到鲁迅对生活的细微之处。鲁迅在《家用帐》癸亥年一开始就有这样一段记载："民国十二年旧历六月二十日移居砖塔胡同六十一号。"这虽是记录鲁迅迁往砖塔胡同的时日，但却隐隐地记下了鲁迅一生中难以忘却的一件辛酸事，这要从鲁迅为什么搬到砖塔胡同居住说起。在《鲁迅日记》1923年7月14日记有："是夜始改在自室吃饭，自具一肴，此可记也。"7月19日又记有："上午启孟自持信来，后邀问之，不至。"这里记下了他们兄弟失和的事实。至于为什么失和，鲁迅与周作人在各自的各种著述中均未明确地透露过。鲁迅仅在他的《俟堂专文杂集·题记》中取了一个"宴之敖"的笔名，据知情人破译，此笔名的含意是他"被家里的日本女人逐出的"。正因为兄弟失和，鲁迅急于要从八道湾搬出来，但一时又找不到合适的房子，后得知周建人的学生俞芬三姐妹住的砖塔胡同61号房子里有三间北房空着。于是就托孙伏园、许钦文，再转托许羡苏（许钦文的妹妹）和俞家三姐妹商量，得到她们同意后，鲁迅于7月26日去看屋，当日下午就开始收拾行装，于8月2日（旧历六月二十日）迁入，当日日记记有"下午携妇迁居砖塔胡同六十一号"。此"民国十二年六月二十日"确实是"可记也"，这里边隐藏着他的苦痛与愤慨，鲁迅也因此得了一场大病。由于此处是暂住，鲁迅又带病四处看屋，在这一时期《鲁迅日记》中连续记载往德胜门、西直门、裱褙胡同、石老娘胡同、阜成门等处看屋。由于劳累与生气，鲁迅病得不轻。11月8日（农历九月卅日）日记记有："夜饮汾酒，始废粥进饭，距始病时三十九日矣。"

这一时期鲁迅在教育部任佥事，按规定月薪360元，但当时教育部经常欠薪。1923年8月18日鲁迅日记记有"收二月份奉泉四元"，9月5日记有"收二月份半月奉泉百五十"，经常欠薪达半年以上。癸亥年除夕（1924年2月4日）鲁迅才收到"去年四月奉泉百八十"，所以日子过得很拮据。这种状况在他的《家用帐》中也可以看到，在癸亥年年末记有"本年陆月另十日共用钱二百四十九元七角另四分"，"平均每月用钱三十九元四角三分"，甲子年末记有"平均每月用泉四八．○六一元"，乙丑年年末记有"平均每月用泉六六．六四五"。鲁迅的《家用帐》极为明细，月有小结，年终有结算。这细微处正反映了鲁迅勤俭的作风，但从《家用帐》的笔笔开支中我们也看到鲁迅生活的窘迫。癸亥年平均每月生活费才"三十九元四角三分"，鲁迅当时是教育部官员，又同时在八个大学和专科学校任教，他的这种生活水平，与他当时的地位和应得的收入，均不成比例。癸亥年九月正是鲁迅又劳累（四处看屋找房）又生病的日子，在《家用帐》初七日记有"鸡（漏一'蛋'字，笔者注）六个又三个"，又从是日日记（1923 年 10 月 17 日）对照中看出：那时他正生病"晚服燕医生补丸二粒"，是因为身体太亏了，需要滋补才买的。《家用帐》九月廿二日还记有买"鲞"，在这三个年头的《家用帐》中仅有三笔肉食的记载，可见鲁迅的日常生活是极其艰苦的。虽然这样节俭，但仍然入不敷出。鲁迅为了找一个长期的住处，能和母亲住在一起，因而购置了宫门口西三条 21 号的房子，但他自己却付不出这"议价八百"的购房款，而是从许寿裳和齐寿山等老朋友处借钱购置的。这笔钱直到鲁迅到厦门大学工作后才陆续还清。

从《家用帐》上也可以看到鲁迅家里生活的一些细节。他们刚搬来砖塔胡同时，生活用具都是新购置的。如这年的六月至九月鲁迅是以蜡烛照明的，十月始有购"石油"的记载。当时鲁迅就是在这种昏暗、晃动的灯光下，坚持编写他的《小说史》、备课和为青年校订书稿。再如，鲁迅每年在阴历九月末或十月初才装火炉，而装火炉的价格是一年比一年高，甚至成倍地涨，癸亥年九月卅日（1923 年 11 月 9 日）装火炉用"三.三五〇元"，到了甲子年十月初七（1924 年 11 月 3 日）就要用"七.三〇〇元"，而到乙丑年九月廿九日（1925 年 11 月 l5 日）装炉子就高达"二〇〇〇元"了。物价是在不断上涨，在甲子年九月二十三记"煤一吨一三.〇〇〇"，到了乙丑年八月初七"煤两吨三二.〇〇〇"，而工资则月月拖欠，生活确实过得很艰难。从《家用帐》中还可以看到鲁迅家中的习俗，每逢年节对女工等都有赏钱。

如癸亥年年末记有"女工节钱一·〇〇〇""车夫节钱一·〇〇〇",甲子年八月十二记有"节赏三·〇〇〇",年末亦有"女工年犒二·〇〇〇"的记录,乙丑年依旧,这说明鲁迅家人对待女工等都是很厚道的。鲁迅的母亲鲁瑞的生日为农历十一月十九日,在甲子年和乙丑年的十一月十九日均有"拜寿钱"和"拜寿赏钱"的记载,这是鲁迅为母亲安排的生日庆祝活动。而癸亥年十一月十九日却没有此项记录,那是因为当时鲁迅母亲还住在八道湾,未和鲁迅住在一起。

在《家用帐》甲子年六月初四日后记有"以下失记",这是公历的1924年7月5日,此时鲁迅正做赴西安讲学的准备,于7月7日离京赴西安,直到8月11日才返京。农历八月初一(即公历8月30日)又开始记他的《家用帐》。

这两年半的《家用帐》,跨越了三个年头,其中在砖塔胡同居住了八个半月,在这八个半月中鲁迅在这烦琐的家务活动中,在白菜劈柴包围的书桌上,带病创作了《幸福的家庭》《祝福》《在酒楼上》《肥皂》等名篇,还完成了《中国小说史略》的撰写和编印工作等。为创造新的生活,他还带病四处奔走——看房、买房、翻修房屋,一直忙到1924年5月搬入西三条胡同居住。鲁迅的《家用帐》,为我们提供了这一时期鲁迅的经济状况和生活状况的第一手材料,使我们可以从一个侧面窥见鲁迅是怎样生活、怎样工作的,从而进一步丰富鲁迅研究的新境界和新的内容。

发表于《鲁迅研究资料》1989年第22期

从博物馆征集的鲁迅与蒋抑卮等合影谈起

　　最近鲁迅博物馆收到由蒋抑卮女儿蒋思一捐赠的一张鲁迅与蒋抑卮、许寿裳等人的合影原照，照片长 142 毫米、宽 91 毫米，贴在印有"东京神田""江木"字样的硬卡上。硬卡上还有用毛笔写的"William's"一字（"威廉的"——笔者注），照片清晰，保存完好。这张照片曾发表在 1976 年文物出版社出版的《鲁迅》照片集上，征集到这张原件，是在照片发表之后。照片中共有 8 人，蒋抑卮侧卧在榻榻米上，头包白纱布，一位医生和三位护士及蒋夫人孔氏等围坐在旁边。鲁迅身穿一件深色浅点和服，盘腿坐在榻榻米的右侧，许寿裳则身穿深色学生装坐于左侧。

　　这一张仅有的鲁迅身穿和服的照片，是在什么情况下拍摄的？它又记录了什么史实呢？

　　这就要从蒋抑卮及其与鲁迅的关系谈起。蒋抑卮（1875—1940），名鸿林，谱名玉林，字一枝，浙江杭县人，曾参加创办浙江兴业银行。据叶景葵《蒋君抑卮家传》介绍："君厌弃帖括，性又不喜为官，乃锐意学问，喜读深奥繁难之古籍及清儒声音训诂书。从章君太炎，服膺所著书曰《文始》，于文学孳乳与后世音读之演变，能举其大凡。"于1902年"游学日本，交游寖广，遇资斧不继者，喜欶助之，尤与周君树人投契"，这说明蒋抑卮在爱好上与鲁迅在某些方面是相投的。而在蒋抑卮的一生中，鲁迅也曾经与他有过一段密切的交往。蒋抑卮善于资助别人，热心公益事业，在他的"家传"中曾记有："君善读书，亦喜聚书，所藏约五万册，遗命捐赠合众图书馆，并捐助基金五万元，海筹公（蒋之父——笔者注）本有在蒋家坞独办小学之意，君遗命遵行之，并命于赏祊办医院，除海筹公预定基金外，再捐助小学校基金五万元。君之克敦内行，而孜孜教育文化事业，至死不倦，为晚近所难能也。"1940年蒋抑卮因患伤寒又患腹膜炎，于是年11月18日逝世，终年66岁。

　　鲁迅与蒋抑卮相识系在蒋抑卮赴日本留学期间。在《清国留学生会馆报告》的第三次和第四次的"同瀛录"中，同时记有鲁迅和蒋抑卮赴日留学的情况，只是蒋抑卮是 1902 年 9 月（旧历），自费，并系"予备入校"。由于他们都是浙江籍，又都身居海外，对同在异国的乡友就会格外感到亲密。1902 年 11 月，鲁迅与许寿裳、蒋抑卮等浙江籍留日学生及在东京游历或侨居日本者一百多人，共同组成浙江同乡会。在同乡会的成立会上大家商议决定出版杂志，定名为《浙江潮》。《浙江潮》创刊初期缺乏资金，蒋抑卮曾主动资助。在《浙江潮》第一期末页，刊有浙江同乡捐款和垫款者的名单，其中有"蒋君抑卮捐洋拾元""蒋君抑卮垫洋壹佰元"的记载。在这个刊物中许寿裳曾任过主编，鲁迅曾积极为它撰稿。鲁迅的《斯巴达之魂》《哀尘》《说钼》及《中国地质略论》等均在此发表。《浙江潮》成为当时在日本留学界宣传革命的重要刊物之一。这使他们有着共同的意向，因而交往也就频繁起来。周作人曾回忆说："他（指蒋抑卮——笔者注）虽是银行家，却颇有见识，旧学也很好，因此很谈得来。"（见《鲁迅的故家》，下同。）所以从一开始，他们就打下了很好的友谊基础。1904 年蒋抑卮因耳病回国，但仍和鲁迅保持密切的联系。现存的 1904 年 10 月鲁迅在仙台医学专门学校学习时致蒋抑卮的信（通称"仙台书简"）中所反映的内容，以及包含在字里行间的深厚情谊，都是很好的说明。"仙台书简"也是至今最能够说明鲁迅在仙台医学专门学校学习时的思想和生活的最真实、最深刻的第一手材料。值得人们注意的是，鲁迅在仙台医学专门学校入学时用日文书写的《入学志愿书》和《学生履历书》上，在"周树人"名字下面所钤的印章却是"抑卮"二字。这种用法可能是友人的代印，但也不排除有保证人的意思。据蒋抑卮的后人蒋世彦说，鲁迅在仙台医学专门学校学习时，蒋抑卮在生活上曾给他以资助。这从蒋抑卮的为人和他们的友谊来说是完全可能的。

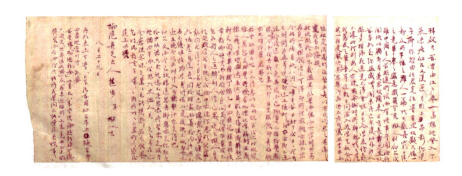

仙台书简

　　1909 年 1 月，蒋抑卮因治耳病到东京就医。鲁迅、许寿裳曾将自己住的房间让给蒋氏夫妇住。据周作人回忆："那时却来了不速之客，是许寿裳、鲁迅的友人，主人们乃不得不挤到一大间里去，把小间让出来给客人住，来者是蒋抑卮夫妇二人，蒋君因耳朵里的病，来东京就医。"为了给蒋抑卮治病，鲁迅曾亲自为他请医生、做翻译。蒋思一先生捐赠的这张照片，就是 1909 年蒋抑卮到东京治耳病时在病室中的摄影。此后蒋抑卮又在离鲁迅住所不远的地方找到房子，因此除中间进医院治疗的时间以外，几乎每天跑来和鲁迅谈天。由于蒋抑卮爱好文学，为人又热心，所以当他知道鲁迅在翻译外国小说准备介绍到中国时，他就"大为赞成，愿意垫出资本来，助成这件事，于是《域外小说集》的计划，便骤然于几日中决定了"（见《知堂回想录》）。这就是鲁迅最早的翻译集《域外小说集》的出版。此书第一册印 1000 本，蒋抑卮垫付 100 元，第二册印 500 本，蒋抑卮垫付 50 元。周作人回忆道："假如没有这垫款，那小说集是不会得以出世的。"确实，这书得以出版，蒋抑卮是起到了关键性的助力的。书出了以后，在东京的寄售处是群益书社。而在国内的总经售处则是蒋抑卮在上海开设的绸缎店——广昌隆绸缎庄。

　　鲁迅与蒋抑卮的交往，据记载从 1902 年一直延续到 1928 年 2 月，在这段时间里他们有着亲密的交往。1914 年 4 月 1 日《鲁迅日记》记有："上午往长巷二条来远公司访蒋抑卮，见蒋孟平、蔡国青，往福全馆午饭后，同游历史博物馆，回至来远公司，小坐归寓。"1927 年 10 月 3 日鲁迅到上海，稍事安顿后，于 11 日即"往浙江兴业银行访蒋抑卮"。除了友谊的交往以外，在鲁迅的学术研究上，蒋抑卮也给予了很多的支持。《鲁迅日记》1915 年 6 月 5 日记有："下午得蒋抑卮书并抄文澜阁本《嵇中散集》一部二册。"这本《嵇中散集》就是现存的、经鲁迅亲笔多次校订的手稿本。鲁迅对《嵇康集》前后校了十次，历时二十多年。在这个本子上就记有乙卯（1915 年）、丙辰（1916 年）、十年（1921 年）一月、十一年（1922 年）八月等四次校订的情况。在校本上还写明是以"明刻本""程荣刻本""明闽漳张燮绍和纂六卷本""张溥百三家集"等本子进行对照校订的朱笔和墨笔的字迹。在乙卯年校订的说明中写道："明刻本《嵇中散集》一卷，半叶十行，行十八字，曾《琴赋》一首，次诗并与此本同，有季振宜藏书印，朱文长印。蒋抑卮寄来，乙卯七月十五日校。"查 1915 年 7 月 15 日《鲁迅日记》记有："下午得蒋抑卮信并明刻《嵇中散集》一卷，由蒋孟频令人持来，便校一过。"与校记相吻合。7 月 16 日《鲁迅日记》还有将这一卷明刻本《嵇中散集》仍托蒋孟频（蒋抑卮之友，当时在北平开设经营古董和字画的来远公司——笔者注）送还蒋抑卮的记载。这本保存至今的文澜阁本《嵇中散集》抄本中，不只记录了鲁迅对《嵇康集》艰苦、细致的校勘过程，成为研究鲁迅对《嵇康集》辑录、校订的极为珍贵的善本，同时也记录了鲁迅与蒋抑卮的珍贵友谊。

蒋抑卮十分珍惜他与鲁迅的友谊。他 1909 年到东京治病期间，曾与鲁迅、许寿裳等共同照了三张照片，其一即上面讲的一张，另两张则是蒋抑卮痊愈后的合影（均发表在 1976 年文物出版社《鲁迅》照片集上）。蒋抑卮曾将这三张照片加洗了数十份，分赠给他的儿女，人手一份，作为他留给孩子们的珍贵纪念品。

但由于各个时期的动乱和破坏，能保存下来的仅两份，即蒋世显和蒋思一的。蒋世显同志曾将他保存的三张照片和一封"仙台书简"于 1976 年分别捐赠给北京鲁迅博物馆和绍兴鲁迅纪念馆；蒋思一同志则将她保存的三张照片分赠给北京鲁迅博物馆、上海和绍兴鲁迅纪念馆。蒋世显保存的这几件文物，曾在"文化大革命"中被抄走，在抄者准备将它们付之一炬之际，由于蒋世显的苦苦哀求，才将这几件文物从架起的火堆边救出，从而使它们得以留存下来。蒋思一保存的照片是在被抄走的书籍退回来后，从中查找出来的。

蒋世彦（蒋抑卮之子——笔者注）告诉我们，当年鲁迅到蒋抑卮家畅谈时，有一次，他的家人悄悄地将二人的谈话录了下来，蒋世彦本人也曾听过这个录音。蒋世彦曾说他只记得鲁迅说的是一口很重的绍兴话，内容可全都记不起来了。这一个录制片，如果有的话，可算是一份极其珍贵的实况材料。可惜的是，它在"文化大革命"中被毁掉了，确是不可弥补的一大损失。

发表于《鲁迅研究动态》1987 年第 4 期

鲁迅的校碑及成果

　　鲁迅在他的《〈呐喊〉自序》中曾写道："S会馆里有三间屋，相传是往昔曾在院子里的槐树上缢死过一个女人的，现在槐树已经高不可攀了，而这屋里还没有人住；许多年，我便寓在这屋里钞古碑。"1981年版的《鲁迅全集》注释中对此曾做了这样的说明："作者寓居绍兴会馆时，在教育部任职，常于公余搜集、研究中国古代的造像和墓志等金石拓本，后来辑有《六朝造像目录》和《六朝墓名目录》两种（后者未完成）。"《鲁迅全集》注释对鲁迅在这一时期里从事研究中国古代金石的成就，由于缺乏深入的了解，因而做出的评语是不够全面的。

　　1912—1919年鲁迅寓居绍兴会馆期间，曾搜集了大量的两汉至隋唐的石刻拓片，至今保存下来的就有4217种，其中绝大部分均为这个时期搜集的。在这四千多种拓片中，包括造像、墓志、碑、砖、瓦、镜、钱、画像等，总共5900余张。鲁迅不仅收集，还对其进行整理与研究。对此鲁迅是花费了很大的精力和很多的时间的。在1916—1918年的日记中，虽仅淡淡地记有"录碑""夜独坐录碑""夜校碑""夜整理《寰（字）贞石图》一过。录碑"等几笔，但他留下的众多的研究成果，却使我们惊奇地看到，鲁迅在这方面的极深的造诣和卓著的成就。

鲁迅对中国历史了解得十分深透，文章写得入木三分，是与他数十年精心研究中国的碑碣、金文不无关系的。从前在谈到鲁迅研究中国古碑时，总是从消极方面来解释，而没有看到其中的积极意义，我认为对此不能低估，更不能将其割裂开来看。因为中国历代的金石是研究历史不可缺少的参考资料，从中可以了解昔时的社会，风俗，历代帝王、文官武将、达官贵人的轶事，以及不见于经史典籍的野史。鲁迅肯于花费如此大的精力对其进行研究，不是没有道理的。

鲁迅研究金石，写了不少对金石考证的专论。1916年底，绍兴出土了《吕超墓志》和吴郡郑蔓镜等。鲁迅以科学的态度先后考证了吕超所处的时代、卒葬日期以及吴郡郑蔓镜的铭文、图案等等，撰写了《〈吕超墓志铭〉跋》和《吕超墓出土吴郡郑蔓镜考》，在当时产生了很好的影响。在这个时期，鲁迅还写了《〈大云寺弥勒重阁碑〉校记》《会稽禹庙窆石考》《〈□肱墓志〉考》《〈徐法智墓志〉考》《〈郑季宣残碑〉考》等考证性文章。现今保存下来的鲁迅研究和整理金文石刻的手稿有30余种，计有3700多页，其中目录类的有《汉石存目》《六朝造象目录》《唐造像目录》《六朝墓名目录》《六朝墓志目录》《直隶现存汉魏六朝石刻录》《越中金石记目录》《各省金石目录》《汉画像目录》等等，《目录》中不仅标出名称，还注明朝代及出处以及现存处等等。金文类的有鲁迅手摹辑录并整理的金文430多页，系按金文的发展编排的，据一些专家评论，这部集子是很有研究价值的，但至今未出版。鲁迅研究石刻的专集或资料，在20世纪80年代以前绝大部分均未出版，所以鲜为人知。

其中仅于 1960 年由文物出版社出版过一本，鲁迅 1924 年编成并以"俟堂"命名的专收砖拓的《俟堂专文杂集》，分五册，收砖拓 189 种。当时只印 500 册，很快就脱销了。其他石刻藏品是 1984 年 5 月由唐弢、严文井、姜椿芳等七位委员在全国政协六届二次会议上作为联合提案提出，才得以出版的。他们在提案里写道："为纪念鲁迅逝世 50 周年（1986 年），建议影印出版鲁迅收藏的汉魏六朝碑刻、造像、墓志及亲笔抄校的古籍，以推进学术研究，发扬民族艺术，提倡严谨学风，宣传爱国主义。"至今石刻部分已出版的有：《鲁迅重编〈寰宇贞石图〉》《鲁迅藏汉画像》《鲁迅辑校石刻手稿》等。

其中《鲁迅重编〈寰宇贞石图〉》1986 年由上海书画出版社出版。此书系鲁迅对清代著名学者杨守敬（1839—1915）所编《寰宇贞石图》的订正与校勘。书成于 1916 年，历时一年。全书收拓本 232 种，编入从周、秦、汉、魏至隋、唐，以及朝鲜和日本的碑碣、墓志、造像的拓本。编有总目和翔实的细目，目录注明该石的年代、出处、现存处并间有考证，纠正了杨守敬在定名、断代上的不确切或差误。1962 年郭沫若为该书补写了序言，对编者的才能给予赞赏，指出编辑此书："实一至繁重之工作，以一人一手之烈，短期之内，得观其成，编者之毅力殊足惊人。"确实，若非对中国历代石刻有广泛和深入的了解，是实难胜任的。同时郭沫若在序言中，对本书也做了很好的评价，指出："全书系依年代先后编定，井井有条。研究历史者可作史料之参考，研究书法者可瞻文字之演变。裨益后人，实非浅鲜。"此书的出版，也是鲁迅在石刻研究上的贡献之一。

《鲁迅辑校石刻手稿》中之一页

　　《鲁迅辑校石刻手稿》，1987 年由上海书画出版社出版，全书
3 函 18 册，收鲁迅亲手抄录并校勘的石刻 790 余种，其中碑铭
260 种，包括从两汉至隋唐的石刻；造像 344 种，包括从后秦、
南朝宋、南朝齐至隋、唐、后周的石刻；墓志 192 种，包括从晋、
后秦至隋、郑的石刻。总计手稿 1700 多页。在这 790 余种石刻
中，鲁迅所录的每幅碑文均仿原拓本中碑文的字体，一丝不苟地、
工整地将文字录出，还参考其他版本所录的碑文，以审其字，一
一校勘，并订正录入。在所录碑文的后面，鲁迅还用工整的小楷
辑录从宋明以来论证该碑的各种著述，以及当时地方志上的有关
资料及论述，将其收集在一起，录于该碑碑文之后。在这之中或
之后，间或还有鲁迅自己的眉批或夹注，或署名"树案"的注录
等，可谓集各方面论述于一体。我国从宋、明、清以至民国以来，
研究金石的书是很多的，像鲁迅这样广征博引各家之说的，却是
不多见的。以碑铭中的第一种《汉群臣上酬刻石》为例，碑文仅

5 字，而鲁迅辑录各家之说就抄录了 9 页（纸 30×25 厘米），其中有《交翠轩笔记》、《畿辅碑目》、《续寰宇访碑录》、《求是斋藏碑目》、《王树枏跋》、《磁州府志》、《畿辅通志》（卷一百四十八）、《光绪永年县志》（卷十四）等。读了这些论述，对此碑的史实及各家的评论，就一目了然了。鲁迅对此可谓下功夫之深矣。这就是鲁迅在绍兴会馆期间，"许多年来""钞古碑"的成果。这是一批极为珍贵的史料，它不只反映了鲁迅在石刻研究上的成就，同时也是一部书法艺术的珍品，目睹此手迹者，无不惊叹鲁迅研究之深透，用功之精湛。它融学术成果与艺术价值于一体。

在这三函《鲁迅辑校石刻手稿》中，有一册"校碑"手稿，名为《校文》。至今尚未引起人们的注意，或者由于此书为影印本，印数少，价格昂贵，还不普及，所以知道的人少，但这是一册极有研究价值的手稿。全册 99 页，有石刻 94 种，是写在十八行乌丝栏竹纸上的，从笔迹上看，是随校随写的。鲁迅以自己搜集的石刻原拓与明清著名的金石专著进行校对，并逐条注明其勘误。在不少的地方加上按语和眉批。他用所得石刻拓本主要与王昶的《金石萃编》相校补，同时也与翁方纲的《两汉金石记》、陆耀遹编纂陆增祥校订的《金石续编》、罗振玉的《金石萃编校字记》、王言的《续古文苑》、孙星衍的《寰宇访碑录》、洪适的《隶释》、端方的《匋斋藏石记》、沈涛的《常山贞石志》、吴荣光的《筠清馆金石文字目》、何绍基的《东洲草堂金石跋》、梁章钜的《退庵金石跋》、李遇孙的《栝苍金石志》，以及一些地方志，如《湖南通志》、《陕西通志》、［光绪］《江宁府志》、《山西通志》等相校补，并将其中的差异一一指出。

鲁迅主要用以校勘补订的《金石萃编》为王昶所著，是清嘉庆年间出版的一部在金石学上具有巨大影响的书。它继承了前代研究金石的优长，不仅内容丰富，而且在体例上也有创新，以石刻为主，按年代排列，在每件石刻的标题之下，详细注明其形制、尺寸、所在地点，然后将碑文录出。录文之后还列举各家专著，最后还加上王氏的按语，起到集释之作用，这是以往的金石专著所没有的，因而《金石萃编》在金石研究上是起到很大的推动作用并负有盛名的。正因为《金石萃编》负有盛名，同时也由于古代石刻的不断发掘和丰富，以及各个时期拓本的差异，所以历来对《金石萃编》进行校勘补订和在它的基础上试作新的结集者，人数是众多的，但鲁迅所作的勘订不同于其他，有他自己的特色，是他自己校读的心得与笔记。其内容有包括对王昶录文的差误、考证的差误及后人校订王昶《金石萃编》差误中的差误，还有别本在录文中的差误等等。现仅举其中的几例予以介绍。

《萧秀西碑阴》，此碑系南朝梁安成康王萧秀墓碑的碑阴，立于南朝梁天监十七年（518），在萧秀死后不久建于其墓前者，有东西两个相对的碑，此为西碑的碑阴，在江苏上元县（又称江宁府，今南京市）清风乡甘家巷。由于碑文已漫漶，额及碑阴上的文字仅有部分可识。此碑阴拓片鲁迅得于 1916 年 5 月 31 日，该日日记上记有："上午陈师曾示《曹真残碑》并阴初出土拓本……又江宁梁碑全拓一份，内缺《天监井床铭》计十六枚，是稍旧拓本，是梁君物，欲售去，亦收之，直十六元。"

鲁迅校改的《萧秀西碑阴》

在书账中还记有"萧梁石刻拓本一分十六枚，一六元"，又注

"次日审出萧宏东阙重出一枚，西阙缺一枚"。可见鲁迅对此拓本审视之仔细。鲁迅将其文全部录出，仅此《萧秀西碑阴》就抄录15页之多，并将其与王昶的《金石萃编》相校，做了详细的补正，纠正了《金石萃编》中的缺漏和勘误二百多处，还将此拓本与〔光绪〕《江宁府志》相校，更发现其误校之处，仅校文就写了七页。鲁迅有眉批云"〔光绪〕《江宁府志》录此碑，自云补《萃编》所阙四百余字，正误二十五字，今审拓本则补者亦有误，又所订正乃有《萃编》不误而反改误者，今并校记"。查〔光绪〕《江宁府志》卷九下，对此碑是有这样的说明："王氏昶《金石萃编》误收为始兴王碑阴，所录只二十列，末一列人姓名全脱……今增绎出四百余字，正王氏误释二十五字。"事实上校补王昶《金石萃编》中错误很多，并将其不误者改误，鲁迅对此表示极为不满，如在"西曹吏管景原"下有鲁迅的校注云："王不误，《志》改'管'为'曾'，大谬。"（《志》指《江宁府志》）又在"吏龚天合"下的校注云"王不误，《志》改'合'为'启'，大谬"等等。在此碑的校文最后鲁迅又写了这样一段按语："按《萃编》所录诸碑，此敚误最甚，今据拓本补正二百二十四名，亦未遽尽。"

由于《萧秀西碑阴》碑文多漫漶，王昶在《金石萃编》一书中曾将其误为《始兴忠武王萧儋碑铭》的碑阴，此碑阴文字已不存。鲁迅在校《萧儋东碑》时，在"碑阴"下注有"泐，王氏误以《萧秀西碑阴》置此，今校正"。

再如《凝禅寺三级浮图碑》，此碑为东魏元象二年（539）刻，在河北元氏县。此拓片鲁迅于1915年7月3日从琉璃厂购得。《金石萃编》未收此碑，鲁迅将其与陆增祥校订的《金石续编》相校，写有校记云："陆增祥据沈氏《常山贞石志》校，补字、旁注与沈氏异者，注云沈作某大抵沈是也，今不复举，举其沈误此是及沈、陆俱误者。"查陆增祥《金石续编》卷二，此碑确注有："碑文缺字据《常山贞石志》补注于旁，其互异处并注各字之下，阴侧题字不录。"并署"陆增祥志"。《常山贞石志》为沈涛著，清光绪二十年（1894）灵溪精舍刻本。全碑鲁迅校勘44处，其中有"沈误此是"者13处，"沈、陆俱误者"27处，这27处中有二人俱误13处，二人俱缺14处。还有"陆据沈误"者一处，如"皇秀潜暎则□□将□"一句中，鲁迅校注云："原缺'将'字，陆据沈注'酱'字，非。"还有陆误改三处。如"雪山流经"鲁迅校注云："《续编》作'流红'，注云原作'经'，盖陆增祥改也误。"再如"皇猷□隆"鲁迅校注云："缺字原作'兼'不类，沈亦缺。"又"下□鬼壤"鲁迅校注云："缺字原作'离'不类，沈亦缺。"鲁迅批评陆增祥当时所添加的字为"不类"，含义很深。校碑不能仅从字面上去识别，还必须具有较高的文学和文字上的修养。陆增祥本人在校字上虽偶有疏忽，但在做学问上还是认真的。查《八琼室金石补正》即陆增祥在后来（1925年吴兴刘氏希古楼刻本）出版的书中，对此均做了改正，与鲁迅的意见相同。从这里也可以看出鲁迅校补的每个字都尽量做到严谨与慎重，宁缺毋滥，决不以意为之。

又如《怀令李超墓志铭》，此石刻系清初在河南偃师出土，为魏正光六年（525）刻。鲁迅1915年12月11日在琉璃厂购得。对此碑鲁迅有按语云："案志云正光五年八月卒越六年正月葬者，为正光六年，《萃编》以为绵历六年，目录注云'永安二年'，非是。""越六年"，应为正光六年，而王昶以为再过六年。王昶的《金石萃编》卷二十九有按语云："按魏明帝以孝昌四年二月被弑。临洮世子钊立，改元武泰。四月钊又被弑，长乐王子攸立，改元建义，九月又改元永安。是武泰、建元只两月，不但无二年，并非元年也，碑称'越六年正月'当是永安二年。"因而在目录中将《怀令李超墓志铭》下，注"永安二年"。据考证王氏的推论明显是错误的。

又如《修邓艾祠碑》，前秦建元三年（368）刻，在陕西蒲城。鲁迅1916年10月15日日记记有"庆云堂帖店来，买《邓太尉祠碑》并阴二枚，二元五角"。由于《金石萃编》未收此碑，鲁迅将此拓本与《金石续编》相校，并有按语云："按碑之他面有文字漫灭垂尽，映日审之，穿上为额，似'魏故太尉邓公□□□□□堂碑'十四字，分四行，行四字，'魏'字左半及'故'字'公'字尤明晰，文惟前二行末五字可辨，第一行云'弘史存□立'第二行云'门尽忠帝室'字体与'郑能□修祠碑'相类。"《修邓艾祠碑》的全名为《冯翊护军郑能邀修邓太尉祠铭》。所谓"穿"系指石碑上端的洞孔。在鲁迅所录《修邓艾祠碑》的说明上有"碑通高五尺六寸，广二尺七寸，碑首中穿径五寸五分"。鲁迅按语所述的内容，未见于其他石刻专著。

又《董洪达造像铭》，此石刻为北齐武平元年（570）刻，在河南登封少林寺，又名《少林寺碑》，此拓鲁迅得于1920年4月8日，当日日记记有："下午收到许寿裳所寄……《董洪达造像》并阴、侧合二枚。"鲁迅以此碑拓与《金石萃编》相校，有按语云："按以上碑阴其正面龛左缘有石永兴等题名一行，上缘有武平二年十一月廿七日，用钱五百，二人买都石像主一区等题字二十九行，又左侧比丘尼法好题名一行，右侧冯□珎等题名二行俱失录。"查《金石萃编》卷三十四《董洪达造像铭》，王对鲁迅所述内容均失录。从王昶对此碑形制的描述即可看出王对此碑的阴、侧及各龛缘等均未能仔细审视，如说明中仅述："石高二尺七寸广二尺六寸作四截写上二十五行行十三字下三截二十七行行五字至九字不等正书。"而鲁迅所录《董洪达册人等造像记》的说明为："石高五尺广二尺五寸侧广六寸三分正面象堪右龛缘，题名一行上缘二十九行左侧堪两缘各一行右侧左缘一行字数不等后面分三层刻上层堪像，中层题名及记二十五行行十三字下层题名二十八行分三列均正书。"相较之下，鲁迅对碑的审视则较细致，描述也较详尽，因而发现王之失录。对此，鲁迅在其所录的碑文中已补入。查以后出版的陆增祥《八琼室金石补正》亦指出王之失录。但在所录文字上与鲁迅还有差异。除尚失录"比丘尼法好题名"一行外，鲁迅所录"用钱五百，二人买都石像主一区"，陆为"用钱五百文买都石像主一区"。

又，《宋买造像碑》为北齐天统三年（567）刻，在河南偃师县，鲁迅 1917 年 11 月 18 日同二弟往观音寺街购"《宋买造像》四枚"。鲁迅将拓本与《金石萃编》和端方的《匋斋藏石记》相校，有按语云："案以为碑阴正面龛缘题字一行漫漶，左侧李妙胜等题名七行，右侧马王容等题名四行，俱失录，《匋斋藏石记》亦不载。"查《金石萃编》卷三十四和《匋斋藏石记》卷十二所录《宋买造像碑》均未见鲁迅按语中所录的文字。在《金石萃编》《宋买造像碑》的碑名下，对石的出处有说明云："在偃师寿圣寺殿壁。"又有《偃师金石遗文记》一书论及此碑时，亦有记载："案石置龛寿圣寺殿壁间。"并说："不知此记石何时移置耳，石左右侧面悉有名题。"此时的碑仍在寿圣寺殿壁间。鲁迅在他所录《宋买廿二人等造天宫石象记》的说明中对该碑做了全面的描述："石通高四尺广一尺八寸上端龛像高一尺三寸下碑刻高二尺七寸两截刻上截记十九行行二十二字下截题名一列二十一行行四至六字正书。在满州托活洛氏。"这说明鲁迅从观音寺街所购原拓，系石已移出后所拓。石已不为寺庙所有，而为"满州托活洛氏"所藏，此托活洛氏即端方。

鲁迅所补录的碑侧题名，不仅在宣统元年（1909）出版的端方的《匋斋藏石记》中缺录，就是在 1925 年出版的陆增祥《八琼室金石补正》中亦失录。在说明中仍注"武授堂云，左右侧面悉有名题，惟碑嵌寺壁，恐不得拓也"等语。可见它是非常难得的。

又，《比丘洪宝造像铭》在鲁迅所录碑文中又称《张荣迁造释迦像记》，东魏天平二年（535）刻，石在河南登封。1915年7月10日日记载："下午往琉璃厂敦古谊买《张荣迁造像记》三枚。"鲁迅将拓本与《金石萃编》相校，有按语云："案此铭在右侧，其正面龛两缘有题名各一行，龛下四行，后面龛缘有范定洛等题名六行。堪下董大丑等十五行，俱失录。"在《金石萃编》卷三十《比丘洪宝造像铭》中，对此确失录。鲁迅在他所录《张荣迁造释迦像记》，对碑的形制有这样的描述："石高四尺五分广二尺侧广九寸三分正面上方像龛一列中央大龛，龛两缘题字各一行下方供养像四人题名四榜左侧上方佛像下方记九行行二十七字后面像堪七列每列六龛龛缘题字共六行龛下十五行正书在河南登封。"有些石刻专著，将此碑文一分为几，如《筠清馆金石文字目》将其一分为二，而《八琼室金石补正》则将其分成三个题目：《朱舍兴等造四面像碑》《范定洛等造像题名》《张法寿息荣迁等造像铭》，实则为同时所刻的一个碑的几个面。前者为中央龛上之左、右缘，中者为碑阴，后者为碑侧。鲁迅将其合而为一是有其道理的。

又，《道兴造像记》，为北齐武平六年（575）六月，摩崖刻石，在河南洛阳龙门。1915年6月6日鲁迅从琉璃厂购得，鲁迅将拓本与《金石萃编》和罗振玉的《金石萃编校字记》相校，有校记云："右第廿六至第卅一行残字王失录罗亦未补又有疗癣方等三行行廿一字疗失音方等存十二行行十五字，别龛之左及下方字体相同亦道兴等造也不备录。"鲁迅一一校录，写校文五页。又在所录《道兴等造释迦像记并治疾方》，录文九页。

以上所举均为鲁迅在校碑中所写的"按语"或"校记"。现举鲁迅在校文中的简短批语，也极有意味。

在《郭云铭》的"遵德乡故人郭云铭"，鲁迅注有"人王误令陆增祥跋金石续编云萃编有目无文甚谬此铭止二行陆遂不见"。查《金石萃编》卷四十隋三，确有《郭云铭》的碑名，并注"铭高一尺二寸五分广六寸七分三行行成六字或五字三字不等正书"。并有"大隋大业三季遵德乡故令郭云铭"十四字。而在《金石续编》的陆增祥的题跋中却云"郭云铭萃编大业三年有目无文碑刻贞观五年疑伪作"。从而可见鲁迅所说的"甚谬"是有根据的。

《谷朗碑》系三国吴凤凰元年（272）刻，在湖南耒阳县，鲁迅1917年3月4日在琉璃厂购得此拓本，《金石萃编》未收此碑，鲁迅将其与翁方纲《两汉金石记》相校，在"春秋三十有四"下鲁迅注"三翁作五陆同续苑作五"（注：《续苑》即清王言著《续古文苑》），旁边还写有一段批语："陆增祥志云集古录目云年三十四今本颇似五字湖南通志载此文三十作五十续修者当据石正之而续编仍作五十有四可异也。"在《金石续编》卷一《九真太守谷朗碑》的录文所引论著的最后有"陆增祥志"云："碑文经后人所剜精采殊损惟额字尚仍其旧比校之显然也钱氏藏本残缺数字今拓本仅一齐字不可辨。集古录目云年三十四今本颇似五字……湖南通志载此文三十作五十闺阈作闺阅往纵作往踪均误续修者当据石正之。"而在《金石续编》所录的《谷朗碑》碑文中却仍写"春秋五十有四凤凰元年四月乙未寝疾而卒"，鲁迅指出其矛盾与疏忽。以后出版的《八琼室金石补正》中陆增祥在录此碑文时，将此句正为"春秋三十有四"。

《刘碑造像铭》为北齐天保八年（557）刻，在河南洛阳。鲁迅用拓本与《金石萃编》相校，在"岁在丁丑天保"下注"缺"。并有说明："此年月一行后又有大邑师惠献等题名四十九行分七列萃编俱失录，故跋谓碑无年月也。"《金石萃编》卷三十三有王昶对《刘碑造像铭》按云"按碑无年月"等语。在鲁迅所录《刘碑造像铭》中对《萃编》所"失录"者做了补正，清楚写明"北齐天保八年"。

类似这些"按语""校记"或"说明"等，在这本《校文》中，还有很多，就不一一列举了。而这些"按语"或"说明"是鲁迅在考碑中所得，反映了鲁迅在这方面研究的收获，是很有价值的，也是值得进一步深入研究的。人民文学出版社 1981 年版《鲁迅全集》的第 8 卷——《集外集拾遗补编》曾收《〈大云寺弥勒重阁碑〉校记》及《〈鲍明远集〉校记》之类的"校记"。这些"校记"之所以被收入《鲁迅全集》，是因为它反映了鲁迅在这方面的研究成果，反映了鲁迅对这个范畴中的各种问题的见解、心得与议论等。因而这本《鲁迅辑校石刻手稿》中的《校文》一册内收入的鲁迅对石刻的"案语"等也应当作为鲁迅的"佚文"，将其收入集子，以弥补反映鲁迅在这方面研究成果的欠缺。

总之，鲁迅在金石方面，尤其是石刻的研究上，成果是卓著的，但是目前挖掘得还不深，鲁迅收藏的近 6000 张拓本，其中有的上面有鲁迅的印章，有的有鲁迅考证的注录，个别的还有鲁迅的批注，但由于缺乏这方面的专家，至今未做进一步的整理，也有的出版社表示愿意出版选集，但关键是需要进一步做的工作还很多。总之，这个领域还是一块待开发的沃土，等待着这方面的专家们给予支持与协作。我们期待着鲁迅这方面的成果，能够更多地、更早地与读者见面。

发表于《鲁迅研究月刊》1990 年第十期

鲁迅书韦素园墓碑

　　1974年4月的一天，北京市文物局接到国家文物事业管理局王冶秋局长函，请他们在万安公墓查找韦素园墓。据北京市文物局专家吴梦麟先生回忆，接到此任务后，北京市文物工作队曾委派北京市文物管理处一位北京大学毕业的于杰同志来办理。于杰同志在万安公墓荒芜的老坟区转了数日，终于辛苦地找到了韦素园的墓。4月28日北京鲁迅博物馆接到冶秋局长的电话，要馆里派一位同志与北京市文物管理处的同志一起到万安公墓去取韦素园墓碑。当时馆里的军代表鲁正同志就派我去了，记得是北京文物管理处的同志开了一辆 130 卡车，接我一同到万安公墓。车开到万安公墓管理处，下了车后，我惊奇地看到，王冶秋局长也在这里。在于杰同志将情况向冶秋局长汇报后，由他和墓地管理处的同志一起带领我们到韦素园的墓地。这里杂草丛生，墓地旁有一棵小树，墓碑已被挖出来，平放在小树旁。碑有 110 厘米高，40 厘米宽，13 厘米厚，一面刻有鲁迅写的"韦君素园之墓"，另一面有鲁迅题的碑文："君以一九又二年六月十八日生一九三二年八月一日卒呜呼宏才远志厄于短年文苑失英明者永悼弟丛芜友静农霁野立表鲁迅书"等字，经冶秋局长审视无误，就对公墓管理的负责人说："那我们就让鲁迅博物馆的同志把墓碑取走，以后他们负责做一块复制的墓碑再给你们送回来。"当即得到这位负责人的同意。这样，几个小伙子就把这块墓碑搬上了 130 卡车，由文物管理处的同志和我一同将墓碑送到博物馆并将其放入文物库。

鲁迅书韦素园墓碑就这样从墓地搬到鲁迅博物馆了。为什么会这样顺利呢？为什么万安公墓管理处会这样轻易让我们把墓碑搬走了呢？我想这是在冶秋局长的指示下，人们事先做了周密的安排。

在博物馆将墓碑运走以后，万安公墓的管理部门在韦素园墓地旁边立了一块牌子，以作为标记。1975 年 3 月曾有人在《北京晚报》上写文道，"万安公墓的鲁迅书韦素园墓碑丢失了"，一时引起了不少人的焦虑，在天津的李霁野先生非常着急地写信给博物馆，要求赶快查找。接到李霁野先生的信后，笔者曾写信给李先生详细地说明了事情的经过，并寄去文物工作队实拍的韦素园墓碑的照片。而后在李先生写的《韦素园墓碑记》（见 1984 年 7 月人民文学出版社出版的《鲁迅先生与未名社》）一文中曾有这样的记载："前些天听到一位朋友说，鲁迅先生所写的韦素园墓碑被移置到北京鲁迅博物馆保存，在墓前另立了一块仿制的新碑。我感到很大的欣慰，以为这样作是很适当的。"此文写于 1975 年

3月17日，说出了先生从焦虑到欣慰的心情。实际上当时墓碑还未刻，更没有"另立一块仿制的新碑"，这是先生的愿望，当然也是我们必然要做的工作。因为要复制原碑，必须要有从原碑上拓下来的拓本。在笔者的工作日志上记有"1975年12月22日文物局请故宫的师傅到鲁迅博物馆拓韦素园墓碑"和"1976年2月21日到北京市雕塑工厂联系刻碑事宜"的记录。正是这时才和那里的师傅商妥，选用大青石，工本费130元。墓碑于1976年3月15日刻成，3月18日博物馆用车将复制的墓碑送到万安公墓。当时万安公墓虽有解放军驻守，但找不到工作人员，只得将复制的碑暂存解放军处，请他们转请公墓管理人员进行安置。

1984年5月12日，鲁迅博物馆组织馆内同志到万安公墓举行纪念李大钊的活动。我曾顺便去查找韦素园墓，看到碑已立好，并在墓旁立了一个介绍此墓的说明牌。

为写此文，笔者又专程去万安公墓探访，见墓地陵园已大为改观，整个建筑修筑得庄严肃穆，以李大钊烈士陵园为中心又扩展了六个区。韦素园墓划在"土字区""张"字系列。在韦素园墓旁，虽不见说明牌了，但墓已重修。鲁迅书的韦素园墓碑端庄地立于墓前。墓的四周筑起了一尺多高的石质的围栏，周边松树林立，冬青围绕，环境幽静、肃穆。这是对安息在这里80余年的韦素园先生最大的敬慕，看后使我感慨万千，更使我对公墓的管理者由衷感激。

写到这里不由地想起，吴梦麟先生（她是当年接到王冶秋函的见证者）给我提的问题：王冶秋为什么要找寻韦素园墓？

当年王冶秋作为一位中华人民共和国成立初期的文物局局长，在他心里时刻装着的就是要尽一切力量保护好祖国的文物。无论是古代的或近代的文物，在可能的情况下，他都要一一过问，甚至亲自为之。再者，韦素园墓碑上有鲁迅手迹。冶秋局长对鲁迅由衷敬仰，并有着特殊的深厚的情感。对鲁迅文物的保护，更是非常用心的，况且鲁迅书写的墓碑，在国内是仅有的一块。其三，对韦素园其人，冶秋局长也是十分敬佩的。韦素园是鲁迅创办的"未名社"文学社团中六名成员之一，是一位非常有成就的青年翻译家。他的译著有俄国果戈理小说《外套》、俄国短篇小说集《最后的光芒》、北欧诗歌小品集《黄花集》等。鲁迅深切地关爱着这位青年，为纪念韦素园，鲁迅写了《忆韦素园君》，文中写道："素园却并非天才，也非豪杰，当然更不是高楼的尖顶，或名园的美花，然而他是楼下的一块石材，园中的一撮泥土，在中国第一要他多。他不入于观赏者的眼中，只有建筑者和栽植者，决不会将他置之度外。"

鲁迅书写韦素园墓碑是表现了一位身为"建筑者和栽植者"的前辈对青年的挚爱，值得我们永远纪念并传承，这也是冶秋局长要找寻并保存韦素园墓碑的缘由。

发表于 2016 年 3 月 11 日《中国文物报》

鲁迅设计的北大校徽原物丢失的始末

　　1956 年北京鲁迅博物馆建馆前夕，北京大学教授魏建功先生将他多年保存的北京大学校徽，通过常惠先生转赠给鲁迅博物馆。鲁迅博物馆开馆后，首次的展览中，此件校徽就在鲁迅北京大学教学活动的一组展品中展出了，受到人们的关注。

北 大 的 校 徽

一、校徽丢失是如何发现的

1985 年 4 月 18 日的一天，鲁迅博物馆接待了数位来访的日本外宾。当时负责接待的是对日本鲁迅研究界非常熟悉的江小蕙先生。这些外宾对鲁迅的生平极为熟悉，对江先生的介绍非常投入，并不断提出问题，江先生一一给予解答。江先生介绍鲁迅在北京大学的教学活动时，外宾格外感兴趣。江先生为他们详细介绍了鲁迅在北京大学讲授《中国小说史略》的情况，并特别讲解了鲁迅为北京大学设计校徽的故事。讲到此，江先生突然发现展柜里陈列的北大校徽不见了，江先生一下懵了，又非常尴尬，但并未露声色，只好对外宾说"北大校徽可能提出去照相去了"，一时遮掩过去了。尔后江先生在对外宾做了整体展览的介绍，并送走外宾后，就急切地找到陈列部和保卫部的负责人，报告展厅陈列柜中不见北京大学校徽事。原来他们对此事全不知情，更不知道北京大学校徽何时丢失。此事当时在鲁迅博物馆内曾引起极大的震惊。

二、对案情的分析

这件鲁迅设计的北大校徽丢失得非常蹊跷，作案者的手法极其巧妙，竟然没有留下蛛丝马迹，使人们一时难以发现。偷盗者似乎是个高手，而且是一个对鲁迅文物非常熟悉的盗贼。

这件文物是怎样被盗走的呢？偷盗者是使用什么样的手法呢？这就要从这件文物当时所处的位置和环境来分析了。

80 年代鲁迅博物馆的陈列展厅是一座东西长 800 平方米的

"一字形"展室，正门开在厅的中央。鲁迅生平陈列展，是从展厅中央进入，观众要从东向西沿着大厅观看展览。这组展示鲁迅教学活动的展板，陈列在展厅的最西头，鲁迅设计的北京大学校徽就放在这一组展板下边的展柜中。当时博物馆的开馆时间是早九时至下午四时半。中午不休息，而中午极少有观众。值班人员就坐在展厅的入口处，因观众少，值班人员放松警惕，盗贼中午作案的可能性极大。这个盗贼盗取文物的手法极其独特，他不是打碎展柜的玻璃，而是将展柜的斜面玻璃用工具撬开，盗走了文物。为使人们不易察觉，盗贼在盗走北大校徽的同时，还把校徽的说明一起取走，并将其他展品摆放匀称，掩盖丢失文物的痕迹，因而此件文物何时丢失，人们一时全然不知。

三、对文物被盗事件的处理

本人当时作为文物组的负责人，对于这件文物的丢失，也是有责任的，曾及时向保卫部门详细介绍此文物的特征及其价值，要求尽快调查处理。

此校徽是 1917 年 8 月鲁迅应北京大学校长蔡元培先生之请设计的。校徽上有"北大"二字。此二字上下排列，上部的"北"字是背对背侧立的两个人形，下部的"大"字是一个正面站立的人形，有如一个人背负两人，构成了"三人成众"的意象。校徽是金属的，圆形，蓝底黑字，非常醒目，当时受到各界人士的好评。

北京大学校徽被盗事件，虽然在鲁迅博物馆的大事记中有所记载，但始终未见有关部门对此事进行任何调查与处理，可能是当时对此件文物的价值认识不足，或者以为不过是一枚小小的徽章，还可以再找到。因此就这样不了了之了。

但我们作为从事文物工作的同志，对此是不甘心的。我与我的同事杨燕丽同志曾多方搜寻，想尽全力找回一件鲁迅当年设计的北京大学校徽的原物件。我们开了介绍信，到北京大学校部，找到了负责的同志，恳请他们设法帮我们找到一枚鲁迅设计的校徽。我们想这是北大校徽的发源地，应当可以找到鲁迅设计的校徽的原物吧！但他们经过数天的查找，告诉我们，他们没有此藏品。无奈，我们又把希望寄托在旧货市场。而后，我与杨燕丽同志跑遍了潘家园、报国寺等旧货市场，仔细搜寻，并向摊主们询问，但都无果而归。

我们也曾想过复制，但手头仅有的是校徽的黑白图片，弄不清精确的尺寸，只记得校徽的质地是金属的，特征是圆形，蓝底黑字，但这蓝色的深浅度，也说不准，无法准确复制，也就只能就此搁下了。

而今丢失这件文物已近40年了，人们对鲁迅设计的校徽的意义有了进一步的认识。正如有的文章介绍说："北京大学是国内最早设计校徽的大学。"是的，创立于1898年的北京大学初名京师大学堂，是中国近代史上的第一所大学，1912年5月15日更名为"国立北京大学"。1916年12月蔡元培先生出任北京大学校长。蔡元培出任北京大学校长之前，北京大学虽然是中国最高学府，但并没有校徽这一新生事物，亦即没有专属自己的旌旗标识，学生与教工出入极不方便，蔡先生上任后第二年，即出面请鲁迅设计北大校徽。

现今对鲁迅设计北京大学校徽的思想与理念也有更深层的认识，如有的评论说，"'北大'二字包含篆刻风韵，由三个人字形图组成，标志形似瓦当，具有鲜明的中华传统文化特色"，"校徽突出的理念，在于'要以人为本'，校徽之象征意义在于北大当肩负开启民智之重大使命"；还有的认为"'北大'二字还有脊梁的象征意义"，鲁迅用"北大"两字做成了一具形象的脊梁骨，借此希望北京大学毕业生成为国家民族复兴的脊梁，等等。总之，鲁迅的设计饱含他独特的艺术风采，笔锋圆润，线条流畅规整，整个造型结构紧凑，明快有力，充分展示了鲁迅的天赋，使作品蕴涵深厚的寓意，一百年以后的今天，仍被人们广泛认同。而今的北京大学的校徽，在2007年6月正式推出，修改后的北大校徽标识，是在鲁迅设计的校徽图案基础上丰富和发展而来的。新的设计添加了新的内涵，但仍沿用鲁迅当年设计的图案，这就充分说明它具有的历史价值和深厚现实意义。

这件鲁迅设计的北京大学校徽原件的丢失，使我们痛心，也将是永久的遗憾，但我们仍热切期盼，广大热心的人士能够协助我们找到一枚校徽的原件，以使我们的后人得见鲁迅设计校徽的原状，这是功德无量的！

发表于2021年5月18日《北京晚报》

我所知道的鲁迅博物馆代管周作人被抄物品的真相

　　2012 年嘉德拍卖公司春拍，以高价拍出唐弢珍藏的周作人手稿《日本近三十年小说之发达》，由此引发一件周家后人与嘉德的诉讼案，多家媒体予以报道，引起人们的关注。2014 年 12 月 15 日《北京晚报·五色土》刊发了记者就此案撰写的长篇报道，文中援引周作人长孙周吉宜的说明，其中写道，"'文革'结束后，国家将一些被抄物品分批返还给周家，鲁迅博物馆返还了我们上万封书信，我们也到各单位认领了一些，但是找回的还是少数"，等等。因涉及到鲁迅博物馆（以下简称"鲁博"），本人作为鲁博的知情人、经手人之一，有必要说明这批周作人被抄物品是怎样进入鲁博的；鲁博为了保护这批物品做了哪些工作；又是在怎样的情况下，将这批物品全部归还周家的。

　　那是"文革"爆发不久的 1969 年 2 月 12 日下午，北京航空学院附中红卫兵来电告知，他们那里有一批从周作人家抄的物品，问鲁博是否愿意收留。由于"文革"已经开始，鲁博已实行"军保"。我们当即将此事请示军代表，并得到军代表的同意。开了介绍信，又向北京市文化局（鲁博当时的上级单位）借了一辆130卡车，我与馆里的两三位同事于当日下午5时许坐车到北航附中。这里的红卫兵带着我们穿过几道院落，来到一个小屋前，开锁后，请我们进去。展现在眼前的，是满屋堆着的杂乱的陈旧纸张、书籍、册页、条幅等，被厚厚的尘土覆盖着。旁边还有几个破烂的空木箱和柳条箱。一片凄凉的景象，令人心痛。由于天色已晚，我们几位同志商量了一下，无法对其清理。在征得北航红卫兵负责人的同意后，我们扒开这厚厚的尘土，将这些物品全部装入屋内已有的木箱和柳条箱中，一个纸片都不舍得留下，装了约有六七箱，将其带回鲁博。记得在装箱的过程中，扬起满屋灰尘，呛得我们几乎透不过气来。同志们没有一声怨言，因为我们知道它们的价值。

这批物品运到鲁博后，鲁博曾辟了一间小屋专门存放，由馆里文物部门设专人保管。1975年10月，周海婴上书毛泽东主席。自1976年元旦起，鲁博划归国务院国家文物事业管理局直接领导，请李何林任馆长兼鲁迅研究室主任。这期间鲁博经历了拆迁、重新建馆、陈列修改、库房重建等事宜，这批转来的被抄物品，又被转入新建库房的单间存放。虽几经搬迁，但鲁博的同志以负责任的工作精神，保护着这批物品，无一件丢失。

李何林馆长到任后，非常重视这批周作人被抄物品的整理和保管，曾组织研究室手稿组与鲁博保管部门的同志共同整理。从中发现鲁迅亲笔书信17封共22页，周作人日记20册，还专门请做锦匣的师傅做了囊匣加以保护。从中还找到"五四"时期一批重要人物的书信，如陈独秀、胡适、钱玄同、刘半农、沈雁冰、陈望道、郁达夫、蒋光慈、徐志摩、蔡元培、林语堂等人物的亲笔书信二百余封，这"上万封书信"确是一批极为宝贵的历史资料，从中必然还会发现更多珍贵的文物。遗憾的是，由于鲁博需要开展的业务繁多，工作十分忙碌，人手有限，未能投入更多的人力和时间来整理，数年来仅整理了其中的十分之一二。

20 世纪 80 年代，中共中央全面落实"文革"后的各项政策，周作人之子周丰一曾写信给时任文化部部长王蒙，要求有关单位归还被抄的周作人物品。王蒙部长当即作了批示。鲁博遵照王蒙部长的指示，于 1988 年 3 月 31 日派三位同志首先将周作人日记 20 册，以及陈独秀等人的重要信件送还周家。为此，周丰一于 4 月 20 日致信鲁博文物资料室主任云："前于百忙之中来访，携下发还日记等件，对鲁博决心照政策行事，表示钦佩。"并对存藏于鲁博的其他物品提出要求。对此，鲁博也曾请示国家文物局关于抄家物品中鲁迅亲笔书信的处理意见。6 月 28 日，国家文物局特发 088 文物字 569 号文件，明确批示，凡鲁博代为存藏的周作人抄家物品，包括鲁迅书信在内，一律返还周家。根据文件规定，鲁博即于当年 7 月 19 日将鲁迅亲笔书信 17 封 22 页奉还周家；而后又将被抄的"上万封书信"全部交还。这批物品是由周丰一夫人张菼芳女士亲自来馆取走的。至此，从北航附中红卫兵组织转来的周作人被抄物品就全部归还原主，无一遗漏。

使人不解的是，本人与周丰一夫妇原本是非常要好的朋友，不但经常有书信往来，本人也常去探望，有事还互相帮助。可是当鲁博将周作人被抄物品全部归还周家后，我们之间的关系发生了明显的变化。他们从此不再与本人联系，以至到了老死不相往来的地步。记得在周家取走鲁博交还的最后一批物品时，丰一夫人张菼芳女士还反复问我，是否还有东西未还。她对我们持有怀疑的态度，使我感到很失望，甚至感到很委屈。当时我只好当她的面，把屋中所有装有周家物品的柜子、抽屉一一打开，请她过目——里面空空荡荡，片纸皆无。她也无话可说，就离开了，可能心里的疑团并未散去。有这种心情，应当说也是可以理解的。如今，二老均已仙逝，这也许是一场无法挽回的误会吧！

实际上，作为国家的博物馆，它的每件藏品都必须署明来源，必须做到来龙去脉一清二楚，并要建立详细的档案以备查。我们绝不会将违反国家政策的物品作为馆藏文物而入藏。

这是要请周家放心的！

发表于 2014 年 4 月 26 日《中国文物报》

一点意见及其他
——也谈鲁迅手稿研究

　　乔丽华同志在《回到鲁迅的"前本文"——鲁迅手稿研究管窥》一文中，对 21 世纪以来的鲁迅手稿文献整理出版与研究的概况，做了较全面的介绍与论述，为正在开展的"《鲁迅手稿全集》文献整理与研究"项目的启动，做了一个很好的铺垫。开展鲁迅手稿全集的研究，是一项具有深远意义的工作，也是一项需要发动各方面力量、群策群力才可以完成的艰巨工程。

　　首先，全面掌握和弄清鲁迅现存手稿情况和全部内容，才可以对鲁迅手稿以至鲁迅的手迹，进行分类、分项的深入研究。

　　鲁迅是中国伟大的文学家，他一生取得的丰硕成果，不仅体现在他的小说、杂文、诗歌上，更体现在他对中国古典文学、古籍的整理与辑录，对金石、碑拓、古钱币、美术甚至医学和地质等方面的研究，涉及的门类很广泛。幸运的是，由于我们的先辈们，如许广平、许寿裳、曹靖华、李霁野、王冶秋等先生，历尽艰辛保护和保存了鲁迅的大量手稿和遗物，才使我们得以见到这样丰富的鲁迅遗稿和鲁迅遗物，也才使此项研究工作具有开展的基础。

一、关于《鲁迅手稿全集》

总结鲁迅手稿研究得以开展的基础，那就是多年来逐渐向研究者展示的鲁迅手稿、手迹、藏书和遗物。1975 年 10 月，周海婴先生给毛泽东主席写信建议加强鲁迅研究工作，并且争取在 1981 年鲁迅一百周年诞辰时，将鲁迅全部手稿影印出版。此建议得到毛主席的赞同，因而促成了《鲁迅手稿全集》的编辑与出版。在国家文物局的安排下，由北京鲁迅博物馆和文物出版社组成了编委会，并由文物出版社担负此书的出版工作。此项工作从 1976 年 2 月启动至 1986 年 10 月，历时 10 年 8 个月，完成了《鲁迅书信》《鲁迅日记》《鲁迅文稿》三种手稿共 6 函 60 卷的出版。前两种手稿集均出版了简装本。该书的《出版说明》中确曾写有"准备陆续编印的还有辑录、译文两个部分"，但为什么没有编印呢？据本人了解，主要是出版社经费不足。当年《鲁迅文稿》也应出版简装本的，却因经费紧缺未能完成，更何况辑录和译文手稿的影印了。这也应当说是文物出版社出版《鲁迅手稿全集》的遗憾了。

至于说文物出版社出版的《鲁迅手稿全集》"在印制上对鲁迅手迹做了人为的'美化'处理，未能忠实保持手稿原貌"，"部分遮掩了鲁迅文章涂抹修改的地方，表面上看美观精致，实则失去了求真的研究意义"，并得出这就是"这部手稿集的最大缺点"的结论，对此，本人（当年此书的编者之一）和文物出版社负责此书的主要编辑白浪同志，认为这些指责是毫无根据的。因为，在此书的《出版说明》一开首就写道，"本书收入现存的全部鲁迅手稿，完全照原件影印出版"，在文中还反复强调"影印手稿，力求保持原貌。线装本一律照原件大小影印，限于版面有的作了分段处理，平装本则略有缩小。所有彩色信笺，绿格稿纸、朱墨行格，以及紫色墨水写的字迹，都用套色办法影印。有的手稿系鲁迅利用废纸所写，如文稿补编中所收《□肱墓志》考，旁边字迹与手稿内容无关，为保存手稿原貌，不作处理"，此类例子在已出版的《鲁迅文稿》中均可见到分晓，恕不一一列举了。这部《鲁迅手稿全集》全部是用珂罗版影印的，根本不可能

1959 年北京鲁迅博物馆编的
《鲁迅手迹和藏书目录》

"做"人为的"美化"处理，更不可能"遮掩鲁迅文章涂抹修改的地方"。出版鲁迅手稿，最基本的原则是尊重、保持鲁迅手稿的原样，哪怕是一个字、一个标点也不能、更不允许改动。事实上，现今保存下来的鲁迅手稿大部分都改动很少，很干净。许广平先生在回答读者关于"先生的手迹是怎样一种性质，很难辨认吗？"的问题时，写道："是用中国毛笔，写在中国纸上，永远是极易辨认的，涂改不太多，偶见字、句的修改罢了。"（见许广平《欣慰的纪念》）孙用先生在《〈鲁迅全集〉校读记》一书的《前言》中写道："在这些保存下来了的手稿中，许多是作者为了编文集而从最初刊出的报刊上手抄下来的（本校读记中称之为誊清稿），那上面往往只有极少的改动，甚至整页一字不改的情形也并不少见。"不言而喻，这些先辈们的见证，就足以说明我们在编辑出版这部《鲁迅手稿全集》时，并不存在"人为美化"或有意"遮

掩""涂抹"鲁迅手稿的情况了。

二、关于《鲁迅手迹和藏书目录》

对于《鲁迅手迹和藏书目录》一书，能够将它称为当今"勉强可以参考"的鲁迅手稿目录，这确使本人感到欣慰。因为本人当年也是参与此书的编辑与出版的工作者之一，深知其中的内情。

1956年10月北京鲁迅博物馆开馆后，应各界人士及鲁迅研究专家的要求，全馆的重点任务就是编辑出版《鲁迅手迹和藏书目录》。鲁迅藏书在1951年就由文物局组织北京图书馆（现国家图书馆）的专业骨干，历时6年编成。贾芳先生任组长，中文藏书由刘汝霖、戚志芬、马国俨等先生负责；西文藏书由马龙壁、刘东元等先生负责；日文藏书由王国文、周丰一等先生负责。在他们编辑的基础上，建馆后又请有关专家审定。《鲁迅手迹目录》则是在建馆后由当时的副馆长杨宇同志带领我们资料组全体同志编制的。当年得到上海鲁迅纪念馆、绍兴鲁迅纪念馆、广州鲁迅纪念馆的大力协助，他们将当时馆藏的鲁迅手稿目录提供给我们。目录中除了收入四个馆当年所藏鲁迅手稿外，主要还编入了1954年许广平先生交给北京图书馆的一批鲁迅手稿目录。另外则仅在北京地区做了一些简单的调查和走访，将已知情况写入目录。《鲁迅手迹和藏书目录》是1959年在仓促中以内部资料形式出版的。为什么会用"内部资料"的名目出版呢？当时并非是担心此书的质量问题，而主要是我馆的上级单位考虑文物的安全问题，不允许公开发行。因而此书就成为一部"内部资料"了。

《鲁迅手迹和藏书目录》在当时确曾有一定的影响和作用，为研究者提供了第一手的鲁迅文物信息。但它毕竟是20世纪50年代鲁迅博物馆建馆初期的产物，在当时条件下，很多问题不可能、也来不及研究，因而存在局限性是必然的。

下面谈一下《鲁迅手迹和藏书目录》存在的主要问题：

（一）收录不全和遗漏

《鲁迅手迹和藏书目录》于 1959 年出版后，就发现其中错误不少，除了分类、编排、注释的错误外，最大的问题就是收录不全和遗漏。这不只是从今天发展的角度来看，就从当时的条件来说，首先对鲁迅手迹和鲁迅手稿就存在为数不少的应收而未收情况。如鲁迅文稿中，鲁迅只写了题目，正文为他人所代抄的和鲁迅写有题名的剪报等均未收录；在辑录中，有一些"小说资料"，零星的抄件等未收录；鲁迅手迹中更有一些零星手迹，如记事小本等均未收入。从更大的层面上看，当年未开展广泛的调查，对存在社会上的鲁迅手迹、手稿，均不掌握，因而也没有注录。

鲁迅藏书目录仅收了北京鲁迅博物馆所收藏的鲁迅藏书，尚缺鲁迅在上海的藏书和在绍兴的藏书，因此，此藏书目录反映的并非鲁迅的全部藏书。再者，即或是鲁迅在北京的藏书，也还有至少百余种被漏编，主要是鲁迅收藏的期刊和报纸，其中报纸最为珍贵，有的报刊当今已绝版。这部分藏品当年为什么被漏编？据我所知，当年鲁迅在北京的藏书有 13000 余册，均藏于西三条小小的故居中，所有的书箱都被清理了，唯独遗漏了南屋的一个书柜。当发现时，《鲁迅手迹和藏书目录》已发稿了，来不及整理并编入了。因此这本鲁迅的藏书目录就是一本残缺的目录。

（二）部分手稿的定名不确切

由于建馆初期对鲁迅的大批手稿、手迹，未能做进一步研究，仅能提示手稿名目，未能做出任何注释或给该手稿以确切的定名，因而在某种情况下，就可能使研究者不能从定名上准确地得知手稿的真实内容，或者说是给予了误导。如："汉石存目""石刻目录""古物调查表""各省金石目录""各县金石录摘抄"等名目均会使读者难以了解其真实内容。

另有一种情况是，据北京图书馆的老同志介绍，当年在接收这批许广平先生暂存（因北京鲁迅博物馆还未建立，王冶秋先生建议许广平先生将手稿暂存北图）手稿时，凡是没有名称的手稿，均暂定一名称，以便登记。因此这个定名就延续下来了。1956 年我们为编《鲁迅手迹目录》时也就按北京图书馆登记的名目照录了。

正是由于这些鲁迅手稿定名的不确切，因而对手稿加以研究，就是从事鲁迅研究的工作者应解决的问题。如"杂录"一项所列的"石刻目录"和"汉画像目录"等，经研究手稿证实其为鲁迅的遗编《汉画考》。2007 年本人又对名为"泉志"的一部手稿（13 页 23 面）进行研究，经查阅有关资料，证实此为鲁迅有关古钱币的手稿，是据清光绪三年（1877）刻印的《古今钱略》一书第九至十四卷（全书 34 卷 16 册）的内容，对该书中 172 款 1322 品古圆钱所做的摘录笔记。此书鲁迅藏书中已不存，只有日记中有记载。这部书鲁迅并非抄录，而是以一种特殊的形式，记录了从唐至明的中国古钱币的名称、文字、质地、形制、重量以及该钱币现存状况等。这部手稿反映了鲁迅对中国古钱币研究的成果。为此，本人曾在《鲁迅研究月刊》2007 年第 5 期发表《一份鲁迅关于古钱币的手稿》，在北京钱币学会编的《北京钱币》2007 年第 1 期发表《鲁迅与中国钱币》两文给予介绍。

近半个世纪以来，不少的专家与学者，特别是王士菁先生和戈宝权先生都多次提出应重新编辑与出版《鲁迅手迹和藏书目录》。据了解，目前北京藏书部分已初步完成，除对藏品分类编目做了调整外，更增加了与该藏书有关的多方面的详细注释，并对鲁迅的外文藏书加添了中文的注释等等。但多年来由于经费的短缺，也由于此书的篇幅巨大，没有出版社愿意接受这个项目，因而无法向广大读者展示。这也是我们从事鲁迅工作的同仁感到十分遗憾的事。

三、关于落实政协六届二次会议提案

1984 年，唐弢、宋振庭、单士元、严文井、邵宇、姜椿芳等七位先生在政协六届二次会议上作为政协提案提出"为纪念鲁迅逝世 50 周年，建议影印出版鲁迅收藏汉魏六朝碑刻、造像、墓志及亲笔抄校古籍，推进学术研究，发扬民族艺术，提倡严谨学风，宣传爱国主义"的 434 号提案。国家文物局为落实此提案于 1984 年 7 月启动此项工作，经各方磋商于 1985 年 1 月 28 日至 31 日在北京召开"关于影印出版鲁迅辑录古籍手稿及收藏古代刻石的会议"。

在会议上讨论最激烈的问题是：此次出版是否要对鲁迅手稿"一网打尽"？此后，为讨论收入、编辑和出版哪些鲁迅手稿的问题，在北京和上海还与顾问们多次召开会议进行讨论。

"一网打尽"这个问题一直讨论到 1985 年 7 月，在 7 月 22 日的会议简报中才明确写道："谢老在会上表示他前说'一网打尽'，说的是决心，并非不加区别的什么都印。"

以上这些前辈对如何选印鲁迅手稿的意见，仍然值得当下启动《鲁迅手稿全集》研究项目的主持者参考。

此次隆重的、也可以说史无前例的编辑出版鲁迅手稿的活动，成果是显著的，《鲁迅辑校古籍手稿》6 函 49 卷由上海古籍出版社 1993 年出版，历时 9 年；《鲁迅辑校石刻手稿》由上海书画出版社 1987 年出版；《鲁迅重订〈寰宇贞石图〉》由上海书画社 1986 年出版；还有两册《鲁迅藏汉画象》由上海人民美术出版社分别于 1986 年、1991 年出版。

　　"《鲁迅手稿全集》文献整理与研究"是一项涵盖多学科、艰巨而烦琐的工程。目前的研究仍是自发和分散的。要使研究者开展系统深入的研究，首要的任务是编制一部翔实的、全面的、准确的《鲁迅手稿文献目录》或资料汇编，使研究者得以掌握鲁迅手稿的翔实资料信息，使鲁迅手稿研究获得突破性的进展。

　　着手这份鲁迅手稿目录的编制，重要的是要进行深入的调查研究，调动各鲁迅研究机构和学术界的研究力量，方可完成这项基础工作，更主要的是研究者可以亲自掌握具体的研究内容。迫切地希望此项工作能够顺利地开展。

发表于《上海鲁迅研究》2014 年春

略谈鲁迅著作手稿的保存情况

　　鲁迅生活和战斗的年代是中国最黑暗的年代，从北洋军阀到国民党反动派都曾多次下令通缉鲁迅，他的作品也被多次下令查禁：1934 年 1 月由潘公展签署、国民党上海教育局发布的 1422号密令，查禁鲁迅《二心集》；1934 年 5 月国民党上海市特别执行委员会发布 1063 号训令，查禁鲁迅《集外集》；甚至在 1936 年10 月鲁迅逝世以后，上海社会局仍发布密令，查禁鲁迅的《伪自由书》和《准风月谈》。由于鲁迅的作品被禁，他的手稿要保存是不易的，是要经历各种艰难风险的。敌人的压迫和环境的险恶，是鲁迅手稿不能完整地保存下来的重要原因。

　　鲁迅对保存自己的手稿并不很在意，这是其手稿不能全部保存下来的另一原因。鲁迅从不认为自己是一个特殊的人物，所以他并不珍惜自己的手稿，只要书一出版，他就再不过问自己的原稿。正如许广平在《关于鲁迅的生活》一书中所说："他对自己的文稿并不爱惜，每一书出版，亲笔稿即行弃掉。有时他见我把弃掉的保存起来，另一回我就见他把原稿撕碎，又更加以讽刺，说没有这么多的地方好放。其实有许多不大要紧的书，倒堆在那里，区区文稿会没有地方放？不过他不愿保留起来就是了。"萧红在《回忆鲁迅》一文中也写到："鲁迅先生的原稿，在拉都路一家炸油条的那里用着包油，我得了一张，是译《死魂灵》（实是译《表》的手稿——笔者注）的原稿，写信告诉了鲁迅先生，鲁迅先生不以为稀奇。许先生倒很生气。"为此，鲁迅在 1935 年4 月 12 日给萧军的信中写到："我的原稿的境遇，许知道了似乎有点悲哀，我是满足的，居然还可以包油条，可见还有一些用处。我自己是在擦桌子的，因为我用的是中国纸，比洋纸张能吸水。"鲁迅将他的手稿用来擦桌子或擦手是经常的事。萧红也曾回忆道："鲁迅先生出书的校样，都用来揩桌子，或做什么的。请客人在家里吃饭，吃到半道，鲁迅先生回身去拿来校样给大家分着，客人接到手里一看，这怎么可以？鲁迅先生说：'擦一擦，拿着鸡吃，手是腻的。'到洗澡间去，那边也摆着校样纸。"鲁迅自己从没有有意识地保存过自己的文稿。而得以存留下的文稿都是别人，特别是许广平背着他保存下来的。所以后期的鲁迅手稿如《且介亭杂文》三本及《集外集》《集外集拾遗》等手稿保存得比较完整，而前期的手稿除《朝花夕拾》为李霁野保存、《故事新编》为黄源保存以外，几乎没有存留下来多少。《呐喊》和《彷徨》则一篇原稿均无。再如《野草》《热风》《华盖集》《二心集》《准风月谈》等也是一篇手稿都没有保存下来。其中《呐喊》中的《阿Q正传》的第六章虽有一页手迹，但并非手稿，而是在《太白》上影印的一页图版；《野草》中《我的失恋》一诗有手迹，这并非《我的失恋》的原稿，而是鲁迅后来录赠内山完造的手迹。至于《坟》《华盖集续编》《而已集》《三闲集》《伪自由书》《花边文学》等，每集中也仅有一两篇稿子保存下来。鲁迅一生共写了七百七十多篇杂文，而现在保存下来的仅有一百七十多篇手稿。写小说三十三篇，而手稿仅存八篇。现存的鲁迅文稿的手稿，仅占他全部文稿的一小部分。

1936年10月19日鲁迅逝世以后，鲁迅的好友和热爱鲁迅的人士都非常关心鲁迅遗物的保存。鲁迅生前的至友许寿裳在鲁迅逝世一周后的10月26日就写信给许广平，劝慰她并殷切地鼓励她，一定要把鲁迅的遗物保存好，信中说："……其余未完成之稿如汉造象，如中国文学史，都是极贵重文献，无论片纸只字，务请整理，妥为收藏……所有遗物，万弗任人索散，此为极有意义之纪念品，均足以供后人之兴感者。"许广平作为鲁迅的学生、战友、夫人，首先承担了这个任务。她在鲁迅的葬仪以后，就将鲁迅的遗物和文稿细心地——整理起来。为了文稿的安全，也为了减少开支，1936年底她和海婴从鲁迅原来住的大陆新村9号迁往霞飞路霞飞坊64号一栋三层楼的房子。为了不引人注目，藏书放在三楼，手稿装起来放在堆煤的小灶间，以防反动派的搜查。

由于日本帝国主义的入侵，1937年11月上海沦陷，形势十分紧急，鲁迅手稿的安全也面临十分危险的处境。对此，上海地下党的同志、鲁迅生前好友以及许广平均为之担忧，在手稿已无法转移出去的情况下，他们经过反复商议，认为要把鲁迅的文稿全部保存下来，最好的办法只有一个——出版，因为印刷出来才可以广为流传，才不至于像孤本毁于一旦。这个重要的决策，及时得到了我党的赞同与支持。据胡愈之同志介绍，当时在上海联系这项工作的是从延安来的刘少文同志。由于各方面人士的齐心协力，1938年6月，中国第一套20卷本《鲁迅全集》在非常困难的条件下，在敌人占领的区域里诞生了，仅用了短短的四五个月就出版了，这在中国出版史上也是少见的。但印刷品不能代替手稿，要保存它却没有别的变通的办法，伪装起来放在堆煤的小灶间，也不是长久的办法。后来许广平看到一些有钱人和资本家将一些金银首饰和贵重器物存入银行，因而得到启示。许广平也巧妙地在英商办的麦加利银行租了一个大保险箱用来存放鲁迅手稿。

许先生租的是个大保险箱，这就要付好多租金，而许先生当时的生活并不宽裕，为此她不惜紧缩开支。在霞飞路住时，原来是独家住一门三层，后来将一楼和二楼租给别人，自己和海婴挤在三楼上。她克服着各种困难，在各方面人士的鼓励和支持下，默默地坚持着。正如她在《遭难前后》一书中所说："有些人，用精神在感召我，如同我自己一样，希望把这个家，不，这一草一木，一桌一椅，一书一物，凡是鲁迅先生留下来的，都好好地保存起来……所以我在这种精神感召的情况下，毅然不敢自馁，负起看守的责任。"这是多么崇高的精神。

中华人民共和国成立以后，许先生把多年精心保存的鲁迅手稿和遗物交给了国家，受到了党和人民极高的赞誉。

在鲁迅的生前，鲁迅的学生和好友，也曾不顾反动派的禁止和敌人的迫害，在困苦和颠沛流离的环境下精心地保存了鲁迅的手稿。如鲁迅的学生李霁野，就曾经在鲁迅生前默默地将他经手送去发表的鲁迅手稿，亲自送到印刷工厂并再三叮嘱排字工人在使用手稿时不要弄脏和损坏，取回手稿后整理、装订好，并精心地藏在箱子里，就这样将《朝花夕拾》《小约翰》的手稿及《坟》中的几篇和一些译稿保存下来。在鲁迅逝世后，抗日战争前夕，他将这些手稿完整地交给了许广平。许广平在《欣慰的纪念》一书中说："李君把他积存的《小约翰》、《朝花夕拾》等六、七种原稿，毫不污损地装订起来见赠。我们想想，这三数位青年，一面在求学，一面在做译著、校对、出书等繁忙工作，仍留心保存先生手稿，一点一滴地抄出副稿付印。"再如黄源同志，他在经手出版鲁迅的《故事新编》时，看到鲁迅并不想保存原稿，就请求鲁迅把原稿给他，鲁迅毫不迟疑地同意了，因此他在把原稿交给巴金、吴朗西时就作了声明，黄源说："他们很尊重鲁迅先生的意见，把原稿校毕，装订成册，交给我，鲁迅先生也知道这件事。"抗战发生后，他将原稿存在文化生活社，和他的全部书籍以及行李放在一起，直到上海解放。这是迄今保存下来的仅有的几篇小说手稿了。黄源在给我们的信中写到："我觉得《故事新编》虽是鲁迅亲自答应给我的，但要保存这珍品，鲁迅博物馆（应是上海鲁迅纪念馆——笔者注）比我更可靠，更合适，为此我无条件地交给了博物馆。"巴金同志也曾将鲁迅在《中流》上发表的《立此存照》原稿保存起来，中华人民共和国成立后交给上海鲁迅纪念馆；孙用同志也曾精心保存了鲁迅为他的《勇敢的约翰》一书而写的《校后记》手稿，中华人民共和国成立后也把它交给了上海鲁迅纪念馆。

但是在那腥风血雨的年代，保存鲁迅手稿是不易的，不但要冒各种风险，有时也要付出一定的代价。

1941 年日本帝国主义的魔掌已伸向中国的大片土地，抗日救亡的烈火在中国到处燃烧，此时许广平正积极参加抗日运动。就在这年 12 月 15 日清晨，日本宪兵突然闯入许广平家，不由分说地将她押解到日本宪兵队总部；同时还搜走了两大包书，其中一包中就有《鲁迅日记》。这些手稿原是存放在银行保险箱内的，由于鲁迅的一位好友出于对鲁迅作品的热爱，来信说"恐只留一份……不大妥当，希望陆续出版，以便流传"。为此许广平将手稿提出，正在逐字抄录中，被日本宪兵带走。许广平在狱中受尽了折磨。敌人为了迫使她供出她的组织和与她有联系的人，多次拷问她，并上了电刑。许广平始终以顽强的意志对付敌人的酷刑，而没有供出任何一个人。郑振铎曾赞扬说，"她以超人的力量，伟大的牺牲精神，拼着一己的生命，来卫护着无数的朋友们"。两个半月后，当她被释放回家时，发现退还回来的东西中少了鲁迅1922 年的日记，这使她万分痛心。她曾想尽办法，多方奔走托人去寻找，但一直没有下落。几十年中她曾多次叹息："这真是莫大的损失！"

1937 年，李霁野曾将他保存的鲁迅书信和文稿交给了许广平，但他出于对鲁迅的怀念，要求留下鲁迅给他的最后一封信和《朝花夕拾后记》的复稿作纪念，并得到许广平的同意。他将手稿妥为收藏，1943 年离开北京后，他又曾辗转存了好几个地方，但在抗战胜利后，却毁在国民党反动派的手里。事情是这样的，1947 年王冶秋同志在京从事党的地下工作，他对鲁迅文物关心备至，当他发现李霁野寄存文物的地方比较潮湿的时候，就将文物转移到他家，并将手稿取出进行通风，不料这时国民党特务到王冶秋家来抓捕他，王冶秋从后门脱险，而爱人高履芳被捕。特务搜查了他们的家，待到高履芳出来后，发现鲁迅手迹早已失踪。

在国民党的统治下，为了将鲁迅的手稿保存下来，有不少同志想尽了各种办法。如《天上地下》一文的手稿，当年就是被藏在地板下边保存下来的。手稿也因而发霉而缺字。但也因为保存了这篇原稿，才使人们知道鲁迅的原稿和发表在《申报·自由谈》上的文章不尽相同，前者比后者多两小节。

中华人民共和国成立后情况则根本不同了，全国成立了五个鲁迅纪念馆（博物馆），鲁迅手稿受到国家高度重视，各个纪念馆（博物馆）用尽可能好的条件保管好鲁迅的手稿，并积极征集鲁迅手稿加以收藏，同时对手稿进行研究和介绍。在手稿的征集工作中得到鲁迅生前友好及其家属和不同行业的手稿保存者的积极支持，他们热情地甚至无代价地将鲁迅手稿捐献给国家。

但也有个别鲁迅手稿的保存者并不珍惜鲁迅手稿，不但将它随意送人，甚至将鲁迅手稿送给收废纸者，如我们收购到的鲁迅辑录的《会稽郡故事杂集》中的一节手稿《夏侯曾先会稽地志》就是从一个收废纸的人手中买到的。据他说，他曾找到某人"五四"时期的一篇稿子，此人就将其保存的两页鲁迅手稿，作为答谢送给他。而后这位收废纸者又以十五元卖给了博物馆。

珍贵的鲁迅手稿能够保存下来，经历了艰难曲折的过程，这里面不仅记录了革命老前辈所付出的艰辛，同时也包含着国际友人对鲁迅、对中国的一片炽热的心。捷克的普实克当年曾将鲁迅的《呐喊》翻译成捷克文出版，鲁迅曾为他写了《捷克译本〈呐喊〉序言》，几十年来他一直珍藏着这篇序言手稿和为出版这部书鲁迅给他的两封书信手稿。七十多岁的普实克，怀着对中国人民的友好情谊，于 1977 年 6 月的一个傍晚，来到中国驻捷克斯洛伐克大使馆，亲自将这篇序言的手稿和两封书信手稿交给大使馆的负责人，请他转交给中国的博物馆，表达了他对中国人民的真挚的感情。

鲁迅生前和日本人民建立了深厚的友谊。鲁迅的手稿在日本也受到日本人民的珍爱并得到珍藏。在鲁迅逝世后，鲁迅的生前好友内山完造在得知许广平征集手稿时，就将他保存的鲁迅书信及诗的条幅等交给许广平。长尾景和在 1956 年许广平访日时，亲自找到许广平下榻处，将他珍藏多年的鲁迅 1931 年在避难时给他写的两幅条幅交给许广平，并说："这幅字我几十年放在身边，无论遇到什么困难都没有离开过，作为鼓励我工作的老师一样，现在请你带回中国，送给纪念馆。"这是多么真挚而深切的感情啊！鲁迅为镰田诚一写的题词手迹，近年来由镰田诚一的侄子镰田恒雄专程送到中国，赠给博物馆。

保存鲁迅手稿的事例很多，就不一一列举了。生活在今天的人们，每当你从博物馆的陈列中或影印的书册上，看到鲁迅刚劲而秀丽的字迹时，请不要忘记那些曾为保存鲁迅手稿而付出艰辛的人们。

发表于《鲁迅研究资料》1987 年第 18 期

鲁迅致许广平书简始末

　　由北京鲁迅博物馆鲁迅研究室编辑、河北人民出版社出版的《鲁迅致许广平书简》和广大读者见面了。全书收集了鲁迅在北京时期、厦门时期，以及在上海时期回京探亲时写给许广平的书信七十八封，全部根据当年鲁迅致许广平的原信手迹录出发表。编者还对书信作了简单注释。

　　鲁迅给许广平的全部书信，此前一直没有单独结集出版过。1932年鲁迅曾经将他与许广平的通信作为他著作的一部分，命名为《两地书》，用青光书局的名义出版。但那时只收入了鲁迅书信六十七封半；1937年许广平在编《鲁迅书简》时，收入原来未编入《两地书》中的一封；1958年版《鲁迅全集》除《两地书》外，在《书信》部分仍收入原漏编的一封；1976年出版的《鲁迅书信集》收入写于1932年的七封，及原漏编的一封，共八封。现在鲁迅研究室将鲁迅致许广平的现存全部书信编辑整理，作为专集出版，这还是第一次，是很有意义的。

　　《鲁迅致许广平书简》比《两地书》多收鲁迅书信十封半，

除 1926 年 8 月 15 日一封为漏编者外，其余九封半均未收入《两地书》。未收的原因，鲁迅没有说明，现在也无从查考。但这些信与已发表的书信，在风格上是有些不同的。它更新颖，更富有生活的气息，反映了鲁迅思想性格的另一个侧面。鲁迅坚贞不屈，对敌人毫不妥协，这是他性格的一面；生活中的风趣、幽默、慈爱……这是他性格的另一面。正是由于他对人民、对祖国、对朋友，以至对亲人有着深切的爱，他才能对敌人、对一切丑恶的东西有着刻骨的恨，这二者是相辅相成的。鲁迅曾说过："能憎才能爱。"在后来收入《两地书》的十封半书信中，正突出地反映了鲁迅思想上、风格上的这些特色。

鲁迅致许广平的原信，在收入《两地书》时，鲁迅曾经作了一些增删修改。这是因为当时正处于"文禁如毛，缇骑遍地"，"当地长官、邮局、校长……都可以随意检查信件的国度里"，一封信株连很多人的事是常有的。为了减少麻烦，鲁迅对这些信作了一些必要的修改。正如鲁迅自己在《〈两地书〉序言》中所说："即在这一本中，遇有较为紧要的地方，到后来也还是往往故意写得含蓄些。"这在当时是完全必要的。特别是《两地书》不是作为一般的通信，而是作为鲁迅的一本杂文集编入著作中的，在编辑出版时，对原信进行一些修改，也是应该的。不过，鲁迅在《〈两地书〉序言》中，又毫不掩饰地说："自然，明白的话，是也不少的。"并且要将此书"留赠我们的孩子，给将来知道我们所经历的真相"。那么，这些原信，这些当年经历过风风雨雨的反映现实的通信，必然更加"明白"，更能知道"真相"。鲁迅说："常听得有人说，书信是最不掩饰、最显真面的文章。"的确，鲁迅的这些书信，确实要比他公开的文章写得更直接、更明了。

我们如果将《两地书》和原信加以对照，从差异中，就能清晰地感触到鲁迅思想的脉搏和他在革命激流中的思想演变。在 1925 年 4 月 22 日的信中，有这样一段话："再说到前信所说的方法，就方法本身而论，自然是没有什么错处的，但效果在现今的中国却收不到。因为施行刺激，总须有若干人有感动性才有应验，就是所谓须是木材，始能以一颗小火燃烧，倘是沙石，就无法可想，投下火柴去，反而无聊。所以我总觉得还该耐心挑拨煽动，使一部分有些生气才好。去年我在西安夏期讲演，我以为可悲的，而听众木然，我以为可笑的，而听众也木然，都无动，和我的动作全不生关系。当群众的心中并无可以燃烧的东西时，投火之无聊至于如此。别的事也一样的。"这一封信是鲁迅和许广平在讨论用什么办法能最迅速地实行社会改革的问题。许广平提出与"乱臣贼子"拼死的办法，即"仗三寸剑，与以一击，然后仰天长啸，伏剑而死"，鲁迅对此不以为然，提出要韧性战斗，"锲而不舍"。在这一封信中鲁迅重申了自己的观点，而在言语之间却流露出对群众的觉悟估计得太低的倾向。七年后，在编辑《两地书》时，鲁迅将这一段删掉了。但这决不是一个随随便便的文字增删问题，而反映了鲁迅思想的发展变化。这七年间，鲁迅经历了"三一八""五卅"等汹涌澎湃的革命风暴，特别是经过了"四一二"反革命政变，在不断学习马列主义的过程中，他进行了痛苦的思想改造，终于成为一个伟大的共产主义战士。这时，他在对待群众的问题上，思想上已经起了质的变化。他在这个时期的许多文章里正确地评价了人民群众创造历史的伟大作用，既肯定了他们是物质和精神财富的创造者，也指出他们是社会革命的主要动力。鲁迅在 1932 年 4 月作的《〈二心集〉序言》中明确地写道："惟新兴的无产者才有将来。"坚定了对无产阶级革命必然胜利的信念，从而促使他在对待群众的问题上，有着根本的转变。

《鲁迅致许广平书简》的内容是极其丰富的，我们不只可以从鲁迅编辑出版《两地书》时的增删修改中，看到鲁迅思想的变化，还可以从书简所反映的各种复杂的境遇中，看到鲁迅坚持和黑暗的旧势力斗争，毫不妥协的精神。

鲁迅本来怀着满腔热情来到厦门，准备在厦门大学做一番事业。但到厦大以后，很快就看到厦大和北京学界一样的"污浊"，这里人与人之间的关系是尔虞我诈、勾心斗角，"斤斤于银钱"。鲁迅对这种乌烟瘴气的境况十分厌恶。在1926年12月24日的书信中有这样一段记载："后天校长请客，我在知单上写了一个'敬谢'，这是在此很少先例的，他由此知道我无留意，听说后天要来访我，我当避开。"在1927年1月2日信中表示，他与学校的矛盾是"无可调和"的，并说："不到半年，总算又将厦门大学捣乱了一通，跑掉了。我的旧性似乎并不很改。听说这回我的搅乱，给学生的影响颇不小；但我知道，校长是决不会改悔的。"在厦大，鲁迅原计划待两年，后来减为一年，最后只住了四个月就决定离开了。鲁迅坚决离开厦大，这给厦门大学的打击很大，因为鲁迅一走不止影响到学校的声誉，还影响到学校的教学秩序。鲁迅对他斗争的胜利是很自豪的，就在同日的信中写道："这里是死海，经这一搅，居然也有小乱子，但总算还不愧为'挑剔风潮'的学匪。"表现了鲁迅对封建阶级的代表人物，对待一切旧势力的斗争是毫不留情的、决不妥协的。

《鲁迅致许广平书简》记载着鲁迅在北京时期、厦门时期、上海时期的思想、工作、生活等各方面的丰富内容。这本书的出版为我们提供了研究鲁迅的第一手材料。特别是经过鲁迅修改的地方，尤为宝贵。它是我们认识鲁迅的重要史料，对于我们学习鲁迅、研究鲁迅、探索鲁迅思想发展的道路，都具有十分珍贵的价值。

发表于1980年3月《出版工作》

《两地书》手稿本与出版本校读记

　　《两地书》是一部鲁迅精心编纂完成的专著，其中涵盖的内容极其丰富，不只反映了鲁迅与许广平的爱情经历，同时也反映了鲁迅的思想、鲁迅的生活，也从一个侧面展现了那个时期的历史概况和鲁迅的世界观，是研究鲁迅更直接、更真实的珍贵史料。20世纪80年代初王得后先生写了《〈两地书〉研究》，为我们开辟了鲁迅《两地书》研究的新课题，使人们得知世上不只有鲁迅与景宋的《两地书》著作，还保存有鲁迅与许广平当年通信的原信。这就为人们打开了一个新天地，从中可以更深层地了解鲁迅与许广平的内心世界和他们观察事物的视角；再者，从深入研究鲁迅对这些原信的增删修改中，可以触摸到鲁迅的思想、鲁迅对事物的观点。王得后先生对《两地书》原信与出版本对照的研究，给人们展现了鲁迅研究的新领域，硕果累累，值得称赞。

　　而今我们步王先生的后尘，将《两地书》手稿本与出版本相对照，试图从校读中，能有所发现。并以此回复王培元先生对鲁迅《两地书》手稿本认识的差异。

鲁迅《两地书》手稿本完成于 1932 年 10 月间，见鲁迅日记 1932 年 10 月 31 日记有 "夜排比《两地书》讫，凡分三集"。这个稿本是鲁迅用工笔楷书写在 35 厘米×46 厘米的白宣纸上，全稿 279 页，字迹工整、挺拔、刚劲，全书没有明显修改的痕迹，确实使人惊叹，是鲁迅用心良苦完成的一部稿本。正如鲁迅所说："我们以这本书为自己记念，并以感谢好意的朋友，并且留赠我们的孩子，给将来知道我们所经历的真相。" 我记得许广平先生在交给我们这件文物时，曾向我和许羡苏先生说，这部手稿是他们结婚的纪念。从《序言》中我们更知道这也是他们留给孩子的赠品。所以这个稿本无疑是一部 "纪念本"。

由于鲁迅《两地书》手稿本的精致和它所承载的 "使命"，为了付排，不得将其送到出版社，因而由许广平先生抄录一份。鲁迅手稿本上曾留有许广平的字迹，如稿本的第 86 页，鲁迅原句为 "熏沐斋解"，在 "解" 字旁有许广平用钢笔写 "戒" 字；在第 338 页上，鲁迅原句为 "市三青年部长（专管学界）及省教育所组织之学潮委员会"，在 "省教育" 三字后有许广平用钢笔写 "厅" 字。说明许广平抄录的稿本，即现存的鲁迅《两地书》手稿本。

这样将鲁迅《两地书》手稿本与出版本相对照，从校读中确实发现了二者的差异（见文后所附对照表），其中有字、句、段的修改，更有大段的重写，其中改得较多的有第 67、70、72、74、76、78、97、106 封信。尤其是第 106 的信，不但有对原文文字的修改，还另加写了一段。在王得后先生《〈两地书〉研究》一书中，对这封信注释中写道，"这是一封重要的信，也是一封作了重要删改的信"，在这里仍然适用。

鲁迅对手稿本的修改当发生在书稿发排后，即该书的校稿上。这种修改的过程从鲁迅日记和鲁迅致李小峰的通信中均可得知：

1933 年 1 月 13 日鲁迅日记记有："复阅'两地书'讫。"

1933 年 2 月 14 日致李小峰信："校稿寄上，但须再看一回，上面还有两页，不知何以抽去，须即补排。"

1933 年 3 月 20 日致李小峰信："今晨已将校稿寄出，当已到。"

1933 年 3 月 25 日致李小峰信："《两地书》的校稿，并序目等已于下午挂号寄上。"当日日记记有："寄小峰信并校稿。"

1933 年 3 月 31 日致李小峰信："校稿已另封挂号寄上。"当日日记记有："寄小峰信并校稿。"

1933 年 4 月 5 日致李小峰信："《两地书》校稿，今先将序目寄上。"当日日记记有："夜寄小峰信并校稿五叶。"

1933 年 4 月 6 日日记还记有："晚校《两地书》讫。"此时《两地书》即将面市。

从 1933 年 1 月 13 日鲁迅的"复阅"，到 4 月 6 日再"校"并"讫"，历时近三个月的时间里，均可看到有鲁迅对《两地书》书稿进行校阅的记录，手稿本与出版本的差异就是在这个过程中产生的。这也反映了鲁迅对这部专著从内容到文字细致的精心的推敲。

我们从鲁迅致李小峰的信中更看到鲁迅对这部书稿的出版是极为慎重的。在 1932 年 10 月 20 日致李小峰的信中写道，"通信正在抄录（按：系指许广平的抄稿），尚不到三分之一，全部当有十四五万字，则抄成恐当在年底，成后我当看一遍并作序"，在 1933 年 1 月 2 日的信中写道，"可以付北新出版了，但现在还未抄完，我也得看一遍"，1933 年 2 月 14 日信亦写道，"校稿寄上，但须再看一回"，等等，这充分地显现了鲁迅对书稿的认真。

鲁迅从他与许广平通信的原信中经过增删修改完成了手稿本，而后在手稿本（经许广平抄录发排，成为校样）的基础上，又经过增删修改完成了《两地书》的出版本。这是鲁迅对这部书不断修改完善的过程。对这个"过程"的研究，将是对《两地书》一书更深一层的研究。这也是对鲁迅的思想、鲁迅的写作、鲁迅的用词，以至鲁迅对事物与形势观察的最生动、最具体、最现实的研究。

综合以上种种，可以说《两地书》确是鲁迅精心、再精心完成的一部专著。《两地书》手稿本不但不是《两地书》出版后的重抄本，而且是鲁迅对二人的原信经过增删修改直接完成的稿本，这之中使人惊叹的不只是稿本写得端庄、规整，字迹挺拔、刚劲，而是显现了鲁迅神奇的写作技能（因为在此之前不可能另有一稿本），从而此稿本更显其珍贵的价值，鲁迅和许广平亦将其视为传家的珍宝本。因而要重申，这个稿本是不能被"肢解"的，即使被有的人说成是"乱扣屎盆子""鸡蛋里边挑骨头""别有用心""以学者的面目做如此无理的攻击""以至于暴露了一些'砖'家的狭隘和无聊"等等。作为鲁迅文物的守护者是仍要坚持的，这些言论只能说明攻击者的无知。

现将鲁迅手稿本与出版本对照，列表如下：

《两地书》手稿本	《两地书》出版本
一	
P2 今日收买一个，明日收买一个……今日被买一个，明日被买一个……而尤可愤恨的，	P11 今日收买一个，明日收买一个……今日被买一个，……明日被买一个……而尤可愤恨的，
P3 情形是一天天的恶化了，五四以后的青年是很可以悲观痛哭的了！	P12 情形是一天天的恶化了，五四以后的青年是很可悲观痛哭的了！

二

P10 倘若墨翟先生，相传是恸
　　哭而返的。

P15 倘是墨翟先生，相传是恸
　　哭而返的。

三

P13 受环境的支配，遂弄出甚
　　么甚么化的教育来，

P17 受环境的支配，还弄出甚
　　么甚么化的教育来，

四

P21 则我总觉得有点迂。

P21 我总觉得有点迂。

六

P28 仿佛记得收到来信有好几
　　天了，但是今天才能写
　　回信。

P25 仿佛记得收到来信有好几
　　天了，但因为偶然没有工
　　夫，一直到今天才能写
　　回信。

P30 但这种满纸是“将来”和
　　“准备”的“指教”其实
　　不过是空言，

P26 但这种满纸是“将来”和
　　“准备”的指教，其实不
　　过是空言，

七

P31 听说昨夕未演《爱情与世
　　仇》之前，先生在九点多
　　钟就去了——想又是被人
　　唆的罢？

P27 听说昨夕未演《爱情与世
　　仇》之前，先生在九点多
　　钟就去了——想又是被人
　　唆使的罢？

九

P47 只有一位秋瑾，其余什么
唐群英，沈佩贞，石淑卿，
万璞……哟，都是应当用
蚊烟熏出去的。

P37 只有一位秋瑾，其余什么
唐□□，沈□□，石□□，
万□……哟，都是应当用
蚊烟熏出去的。

P50 关住门来长吁短叹，也实
在令人气短。

P38 关起门来长吁短叹，也实
在令人气短。

P51 其余各种书籍之可以针治
痹麻的，还乞先生随时
见告！

P38 其余各种书籍之可以针治
麻痹的，还乞先生随时
见告！

一〇

P56 即历举对手之语，从头至
尾，一一驳去，

P41 即历举对手之语，从头至
尾，逐一驳去，

P56 万璞女士的举动似乎不
很好：

P41 □□女士的举动似乎不
很好：

一一

P58 而对于学生的质问，他又
苦于置对，退而不甘亏，

P43 而对于学生的质问，他又
苦于置对，退而不甘吃亏，

P60 而他们的确能有几分觉悟
呢？不要多题起来了！

P44 而他们的确能有几分觉悟
呢？不要多提起来了！

P61 固然为国家人材根本计，
然而假使缓不济急，则皮
之不存，毛将附？

P44 固然为国家人材根本计，
然而假使缓不济急，则皮
之不存，毛将焉附？

P62 殊不足以令敌人体无完肤，
而自己也总觉有此遗憾，

P44 殊不足以令敌人体无完肤，
而自己也总觉有些遗憾，

P62 加以历久遗传，积重难反之故，自后当设法改之。	P45 加以历久遗传，积重难反之故，此后当设法改之。
P62 此殆与年龄及学力有关，自后亦甚愿加以洗刷。	P45 此殆与年龄及学力有关，此后亦甚愿加以洗刷。

一二

P66 纵使如何牺牲，也无毁灭自己，于国度没有影响。	P47 纵使如何牺牲，也无非毁灭自己，于国度没有影响。

一四

P73 原来她躯壳是 S 妹，魂灵是欧阳兰。哈哈，无怪她屡次替欧阳辩护，原来是一鼻孔出气。	P51 原来她躯壳是 S 妹，魂灵是司空蕙。哈哈，无怪她屡次替司空辩护，原来是一鼻孔出气。
P75 于学识上也较有帮助。	P52 于学识上较有帮助。

一六

P87 其实这题目原甚平常而且熟习，不如探检那么生疏，该可不费力的罢。	P60 其实这题目原甚平常而且熟习，不如探检那么生疏，该不费力的罢。

一七

P89 来信收到了。今天又到一封文稿，	P62 来信收到了。今天又收到一封文稿，
P91 割舌之罚，早在我的意中，	P63 割舌之罪，早在我的意中，
P93 中国现今文坛（？）的状态，实在不佳，	P64 中国现今文坛（？）的状况，实在不佳，
P93 大半也就为了想由此引出些新的这一种批评者来，	P64 大半也就为了想由此引些新的这一种批评者来，

一八

P96 因为使读者少看若干佳作，在良心上总觉得是遗憾的一桩事。

P66 因为使读者少看若干佳作，在良心上总觉得是遗憾的一件事。

P97 欧阳兰已把《妇女周刊》的权利放弃，写信给陆晶清交代清楚了。

P66 司空蕙已把《妇女周刊》的权利放弃，写信给陆晶清交代清楚了。

P98 考试的题目出错了。如果出的是"问架上面一盒盒的是什么"，也许要交白卷，

P67 考试的题目出错了。如果出的是"书架上面一盒盒的是什么"，也许要交白卷，

二〇

P107 原来老爷们的涕泗滂沱是较小姐们的"潸然泪下"更甚万倍的。

P73 原来老爷们的涕泗滂沱较小姐们的"潸然泪下"更甚万倍的。

二三

P116 但是自私的总脱不掉的，

P78 但是，自私是总脱不掉的，

二四

P119 而"杨家将"偏来诬赖，可谓卑劣万分。

P80 而"杨家将"偏偏来诬赖，可谓卑劣万分。

P120 又如来信说，"凡有死的同我有关的，我同时我就憎恨所有与我无关的……"，

P81 又如来信说，凡有死的同我有关的，同时我就憎恨所有与我无关的……，

二七

P128 上海风潮起后，联的
　　"以脱"的波动传到北京
　　来了。

P86 上海风潮起后，接联的
　　"以脱"的波动传到北京
　　来了。

二九

P137 这种在中国常有的。

P91 这种在中国是常有的。

P138 伏园的态度我近来颇
　　怀疑，

P92 □□的态度我近来颇怀疑，

三〇

P141 像我，现在六个同学同
　　进退，

P94 像我，现在和六个同学同
　　进退，

P143 吾师说过，不能受我们小
　　学生的话骗倒，这回可也
　　有一点相信谎语了。

P95 吾师说过，不能受我们小
　　学生的话骗倒，这回可也
　　有一点相信谎说了。

P144 有些人听了安慰话，自然
　　还是不安敢放心，

P95 有些人听了安慰话，自然
　　还是不敢放心，

三三

P152 刚才接到二十八日函，

P100 刚才得二十八日函，

P154 则旧稿便在本星期五
　　出版。

P100—101 则旧稿须在本星期
　　五出版。

三四

P156 所以倘有近于议论的文，
　　即易于登出，

P102 所以倘有近于议论的文
　　章，即易于登出，

三六

P162 迅。五月四日夜。　　　P107 迅。九月四日夜。

四一

P180 季黻的事没有结果，我心　　P117 上遂的事没有结果，我心
　　　中很不安，　　　　　　　　　中很是不安，

P180 林玉堂的住宅的房顶也吹　　P117 语堂的住宅的房顶也吹
　　　破了，　　　　　　　　　　　破了，

P182 与"广大"同，也有鸡　　　P118 与广大同，也有鸡粥；船
　　　粥；船也平稳；　　　　　　　也很平；

P183 我上船时，是建人送我去　　P118 我上船时，是克士送我去
　　　的，还有客栈里的茶房。　　　　的，还有客栈里的茶房。

四二

P187 我和兼士及顾颉刚，是早　　P121 我和兼士及朱山根，是早
　　　就收到聘书的，　　　　　　　就收到聘书的，

P189 从前在女师大做办事员的　　P122 从前在女师大做办事员的
　　　黄坚是一个职员兼林玉堂　　　　白果是一个职员兼玉堂的
　　　的秘书，　　　　　　　　　　　秘书，

四五

P196 第一信，是到广州之次　　　P126 第一信，是到广州之次早，
　　　早，托大安栈茶房发出　　　　托大安栈茶房发出的，不
　　　的，不知是他学了洪乔？　　　知是否他学了洪乔？

《两地书》手稿本与出版本校读记

四六

P199 顾颉刚是自称只佩服胡适陈源两个人的，而潘家洵，陈万里，黄坚三人，似皆他所荐引。

P128 朱山根是自称只佩服胡适陈源两个人的，而田千顷，辛家本，白果三人，似皆他所荐引。

四七

P207 学生联合会已借口省立第一，二中学为赤化校长，作种种办学无状之条文，

P132 学生联合会已借口省立第一，二中学为□□校长，作种种办学无状之条文，

四八

P215 大略是说：L家不但常有男学生，也常有女学生，但L是爱长的那一个的，因为她最有才气云云。平凡得很，正如伏园之人，不足道也。

P137 大略是说：他家不但常有男学生，也常有女学生，但他是爱高的那一个的，因为她最有才气云云。平凡得很，正如伏园之人，不足多论也。

P218 建人已有信来，说他已迁居，而与一个无锡人姓孙的同住。我想，这是不好的，但他也不笨，或不至于上当。

P138 克士已有信来，说他已迁居，而与一个同事姓孙的同住，我想，这人是不好的，但他也不笨，或不至于上当。

五〇

P227 季巿要送家眷回南，

P143 上遂要搬家眷回南，

五三

P242 学生对我尤好，只恐怕我   P152 学生对我尤好，只恐怕在
在此住不惯，   此住不惯，

P243 本校先行升旗礼，三呼万   P152 本校先行升旗礼，三呼万
岁，于是有演说，运动，   岁，于是有演说，运动，
放鞭炮。   放鞭爆。

P243 我因为听北京过年的鞭炮   P152 我因为听北京过年的鞭爆
听厌了，对鞭炮有了恶   听厌了，对鞭爆有了恶
感，这回才觉得却也   感，这回才觉得却也
好听。   好听。

五四

P247 今天又得李遇安从大连   P154 今天又得李逢吉从大连
来信，   来信，

P249 迅。十月十五之夜。   P155 迅。十月十五日夜。

五六

P255 顾颉刚之流已在国学院大   P159 朱山根之流已在国学院大
占势力，周览（鲠生）   占势力，□□（□□）
又要到这里来做法律系主   又要到这里来做法律系主
任了，   任了，

P255—256 他请了一个顾颉刚，   P159 他请了一个朱山根，山根
顾就荐二人，陈乃乾，潘   就荐三人，田难干，辛家
家洵，陈万里，他收了；   本，田千顷，他收了；田
陈万里又荐两人，罗某，   千顷又荐两人，卢梅，黄
黄某，他又收了。   梅，他又收了。

P257 今天在本地报上载着一篇访我的记事，记者对于我的态度，以为"没有一点架子……"

P259 上星期日他们请我到周会去演说，

P159 今天在本地报上载着一篇访我的记事，对于我的态度，以为"没有一点架子……"

P160 上星期日他们请我到周会演说，

五八

P269 学生方面，对我仍然很好；他们想出一种文艺刊物，我已为之看稿，大抵尚幼稚，

P167 学生方面，对我仍然很好；他们想出一种文艺刊物，已为之看稿，大抵尚幼稚，

六一

P284 我磨命磨到寝食不安，不过月得三十余元，而她们硬说我发了大财，每月是二三百元的进款。我的欠薪，恐怕要到明天年底，

P286 而且我的训育，最关紧要，如无结果而去，也未免太不像样，

P289 不久就要去查自习，以及豫备教课（明天我有两堂），

P176 我磨命磨到寝食不安，折扣下来，所得有限，而她们硬当我发了大财，每月是二三百元的进款。我的欠薪，恐怕要到明年底，

P177 而且我的训育，颇关紧要，如无结果而去，也未免太不像样，

P178 不久就要去查自习，以及豫备教课（明天我有两小时），

六七

P307 廿九又收到廿九寄来的一包书，内有《域外小说集》等九本。今日下午，又接到你廿四写来的信。

P308 今日（星六，卅）本校学生会召集全体大会，手续时间都不合，我即加以限制，并设法引导别的学生起来反抗，从此也许引起风潮，好的方面，则由此将旧派分子打倒，否则我走。走是我早已准备的，人要做事，先立了可去的心，才有决断和勇气。这回的事，成则学校国家之福，倘不然，我走也没有什么。总之，是有文章做，马又到省立女师"害群"了，只可惜没有帮手。但他们旧派也不弱，也许旗鼓相当，你坐在城上看戏，待我陆续开出剧目来罢。

P188 廿九又收到廿一寄来的一包书，内有《域外小说集》等九本。今日下午，又收到你廿四写来的信。

P189 今日（星六，卅）本校学生召集全体大会，手续时间都不合，我即加以限制，并设法引导他们，从此也许引起风潮，好的方面，则由此整理一下，否则我走。走是我早已准备的，人要做事，先立了可去的心，才有决断和勇气。这回的事，成则学校之福，倘不然，我走也没有什么。总之是有文章做，马又到广东"害群"了，只可惜没有帮手。但他们旧派也不弱，你坐在城上看戏，待我陆续开出剧目来罢。

六九

P319 其实我也还有一点野心，也想到广州后，对于"现代"系加以打击，至多无非不能回北京去，并不在意。

P320 今天大风，为一点吃饭的事而奔忙；

P321 但我看现存的一批人物，国学院是一定没有希望的，至多，只能小小补苴，混下去而已。

P195 其实我也还有一点野心，也想到广州后，对于"绅士"们仍然加以打击，至多无非不能回北京去，并不在意。

P195 今天大风，仍为吃饭而奔忙；

P195 但我看现在的一批人物，国学院是一定没有希望的，至多，只能小小补苴，混下去而已。

七〇

P322 说起旧派来，自"树的派"（以一枝粗的手杖为武器，攻打敌党，有似意大利的棒喝团）失败后，原已逐渐消沈了的，但根株仍在，

P323 明天当有游行，散传单呼冤，或拥被开除的二人回校等类之举的。总之，这回如能借此将母校略加革新，也不枉我白捱数月，倘被学生攻倒，那我走出就是了，反正我不想在这里多耽搁。

P197 说起旧派来，自"树的派"（听说以一枝粗的手杖为武器，攻打敌党，有似意大利的棒喝团，但详细情形我不知道）失败后，原已逐渐消沉了的，而根株仍在，

P197 明天当或有游行，散传单呼冤，或拥被开除的二人回校等类之举的。总之，事情是要推演下去的。

P324 这回是要说的都说了，先暂"带住"罢。

P197 这回是要说的都说了，暂且"带住"罢。

七一

P325 《语丝》第百一期上，徐祖正所做的《送南行的爱而君》的 L 就是他，

P198 《语丝》第百一期上，徐耀辰所做的《送南行的爱而君》的 L 就是他，

P326 忽而匿名写信来骂，忽而又自来取消的黎锦明也和他在一处；

P199 忽而匿名写信来骂，忽而又自来取消的乌文光，也和他在一处；

七二

P328 五日寄一信，不是说我校在闹风潮了么，现在还未止，但也不十分激烈。因为中大停办改组后，树的派的大本营已被铲除，所以我校中把持学生会的这派分子，也有孤城落日之势，但我觉得女性好像总较倾于黑暗和守旧，

P200 五日寄一信，不是说我校在闹风潮了么，现在还未止，但也不十分激烈。我觉得女性好像总较倾于黑暗和守旧，

P328 其实中立者虽无举动，但不过因学校之束缚而然，心则同情于被开除者，谓学校为太忍的。现因学校禁止一切集会，她们乃遍贴传单，要求开会解决，

P200 其实中立者虽无举动，但不过因学校禁止一切集会而然，她们仍遍贴传单，要求开会解决，

P329 总之感情破裂．难以维持，此学潮一日不完，我自然硬干不去，但一结束，当即离开，

P331 不过听了厦门的情形，怕你受不住气，独闷自闷着，无人从旁劝解耳。

P201 总之感情破裂，难以维持，此学期一日不完，我暂且负责一时，但一结束，当即离开，

P201 不过听了厦门的情形，怕你受不住气，独自闷着，无人从旁劝解耳。

七三

P334 我已收到中大聘书，月薪二百八，无年限的，大约那计画是将以教授治校，所以凡认为非军阀帮闲的，非研究系的，就不立年限。

P203 我已收到中大聘书，月薪二百八，无年限的，大约那计画是将以教授治校，所以凡认为非军阀帮闲的，就不立年限。

七四

P338 "马又发脾气"，这回大约又不至于失败了，但这也是时势使然，不是我的力量。

P205 "马又发脾气"，这也是时势使然，不是我故意弄成的。

P339 但我和别几个教员，与学生感情已因此破裂，虽先前十分信仰佩服，此时也如仇雠，恰如杨荫榆事件后，陈衡粹辈之于你一样。所以我们主张学潮平后，校长辞职，我们数人也一同走出，则既可以平

P205—206 但我和别几个教员，与学生感情已因此破裂，虽先前有十分信仰佩服的，此时也如仇雠，恰如杨荫榆事件一出，田平粹辈之于你一样。所以我们主张学潮平后，校长辞职，我们数人也一同走出，

一部分学生之心，也有利
于学校之发展。这计画早
则日内实现，迟则维持至
十一月之末，或本学期之
终。我自己此后当另觅事
做，倘广州没有，就只得
往汕头做教员去，但自然
暂不离粤，

才有利于学校之发展。这
计画早则日内实现，迟则
维持至十一月之末，或本
学期终了。我自己此后当
另觅事做，倘广州没有，
就到旁的地方去，但自然
暂不离粤，

七五

P344 而校长如此体贴我们，真
如父母样一样……

P208 而校长如此体贴我们，真
如父母一样……

P345 这里是他的故乡，他不肯
轻易决绝，同来的鬼蜮又
遮住了他的眼睛，

P209 这里是他的故乡，他不肯
轻易决绝，同来的鬼祟又
遮住了他的眼睛，

七六

P347—348 学校中暂时没有动
作，但听说她们不甘心开
除人，还要闹的，要闹到
校长身败名裂才罢。校长
也知道这些，然而都置之
不理。其实她们也自知难
免失败，只因背后有人操
纵，所以一时不能罢手，

P210 学校中暂时没有动作，但
听说她们还要闹的，要闹
到校长身败名裂才罢。校
长也知道这些，然而都置
之不理。她们大约因背后
有人操纵，所以一时不能
罢手，

七七

P349 至于食物，广州自然都有，和厦大之过孤村生活不同，难然能否合你口味也说不定。

P211 至于食物，广州自然都有，和厦大之过孤村生活之不同，虽然能否合你口味也说不定。

P350 有人主张校长即行辞职，另觅人暂时署理，

P211 有人主张校长即行辞职，另觅人暂时代理，

P352 她一走，我们自然也跟着起变化，以后的事，随时再告罢。

P212—213 她一走，我们自然也跟着放下责任，以后的事，随时再告罢。

七八

P353 校事在表面上好像没有什么了，但正有问题潜伏在里面。旧派学生见恐吓无效，正在酝酿着罢课，今天要求开全体大会，我以校长不在，没法批准为辞，推掉了。但一旦开会，则学校干涉，群众盲从，恐怕就会又闹起来。

P213 校事表面上好像没有什么了，但旧派学生见恐吓无效，正在酝酿着罢课，今天要求开全体大会，我以校长不在，没法批准为辞，推掉了。如果一旦开会，则学校干涉，群众盲从，恐怕就会又闹起来。

P355 我想一想，确是太认真了的过处。现在那人死了，这句话我总时时记起，我当悬崖勒"马"的时候，就常是因为记起了这一句。

P214 我想一想，确是太认真了的过处。现在这句话，我总时时记起，当作悬崖勒"马"。

八二

P373 在旧社会里就难以存身，
于是只好甘心做一世农
奴，守死守这遗产。

P224 在旧社会里就难以存身，
于是只好甘心做一世农
奴，死守这遗产。

八四

P380 我胆子又小，研究不充足
就不敢教人，现在教这几
点钟，已经难之又难，

P227 我胆子又小，研究不充足
就不敢教人，现在教这几
点钟，已经时常怕会疏失，

P381 现时已有人指女师中表同
情于革新之一部分教职员
为共产党（也和北方军
阀一样手段，可笑），

P228 现时已有人指女师中表同
情于革新之一部分教职员
为共产党（也如北方军
阀一样手段，可笑），

P382 其实这也没有什么，我的
父亲一生都是这样傻，

P228 其实这也没有什么，我的
父母一生都是这样傻，

P383 你付对付就是，但勿介意
为要。

P228 你对付就是，但勿介意
为要。

八五

P385 也算暂时也算是一种
职业。

P229 暂时也算是一种职业。

九四

P423 我自思甚好笑，自己实无
所长，而时机迫得我硬
干，使"竖子成名"，真
是苦恼。

P249 我自思甚好笑，自己实无
所长，而时机迫得我硬
干，真是苦恼。

九七

P437 学校的学生会改选，结果还是旧派学生占多数，则学校前途，可想而知，昨晚回校，始知校长确不再来，

P257 学校的事，昨晚回校，始知校长确不再来，

一〇〇

p444 则今日（十五）中央，省，市，青年部来宣布两派学生会同时停止，另由学生会改选新会员，结果是旧派占优势。

P261 则今日（十五）中央，省，市，青年部来宣布两派学生会同时停止，另由学生会改选新会员，结果是和以前一样。

一〇六

P461 即如我在女师，不过见学校之黑暗，觉须改革，而适有一部分人，同此意见，于是大家来干一下而已。原因是开除了两个学生，而结果是同事跑散了，校长辞职了，只剩我白看了几天学校，白挨了几天骂。

P269 即如我在女师，见有一部分人，觉学校之黑暗，须改革，同此意见，于是大家来干一下而已。弄到后来，同事跑散了，校长辞职了，只剩我不经世故，以为须有交代才应放手的傻子，白看了几天学校，白挨了几天骂。

P461 这还是小事情，后来竟听说有一个同事，先前最为激烈，总替革新派的学生运筹帷幄的人，却在说我是共产党了，他说我误以他们为共党，引为同调，

P269 这还是小事情，后来竟听说有一个同事，先前最为激烈，发动之初，是他坚持对旧派学生不可宽容，总替革新派的学生运筹帷幄的人，却在说我是共产

P462 你看，这多么可怕，共同办事的人，竟也会这样说！我之非共，你所深知，即对于国民党，亦不过感其志在革新，愿助一臂之力罢了，

党了。他说我误以他们为同志，引为同调，

P269—270 你看，这多么可怕，我于学校，并无一二年以上久栖之心，其所以竭力做事，无非仍以为不如此对不起学校，对不起叫我回去做事的人，我几个月以来，日夜做工，没有一刻休息，做的事都是不如教务总务之有形式可见，而精神上之烦琐，可说是透顶了，风潮初起，乃有人以校长位置诱我同情旧派学生，我仍秉直不顾，有些学生恨而诬我共党，其论理推断是：廖仲恺先生是共党，所以何香凝是共党，廖先生之妹冰筠校长也是共党，我和他们一气，故我亦是共党云。这种推论，固不值识者一笑，而不料共同一气办事的人，竟也会和他反对的旧派一同诬说！我之非共，你所深知，即对于国民党，亦因在北京时共同抵抗过黑暗势力，感其志在革新，愿尽一臂之力罢了。

P462 然而这么阴险，却真给了
我一个深刻的教训，使我
做事也没有勇气了。所以
我现在心中泰然，一鼓之
气已消，

P270 然而这么阴险，却真给了
我一个深刻的教训，使我
做事也没有勇气了。现在
离开了那个学校，没有事
体，心中泰然了。一鼓之
气已消，

一〇九

P469 不过我早走，则学生少一
刺戟，或者不再举动，下
去可不行了。

P274 不过我早走，则学生少一
刺戟，或者不再举动，但
拖下去可不行了。

一一〇

P473 你是大家认为没有深的色
采的，不妨姑且来作文艺
运劢，看看情形，不必阑
为他们之去而气馁。

P276 你是大家认为没有什么色
采的。不妨姑且来作文艺
运动，看看情形，不必因
为他们之去而气馁。

一一二

P480 然而男的呢，他们掩不住
嫉妒，到底争起来了，一
方面于心不满足，就想打
杀我，给那方面也失了
助力。

P280 然而男的呢，他们自己之
间也掩不住嫉妒，到底争
起来了，一方面于心不满
足，就想打杀我，给那方
面也失了助力。

P482 今天打听川岛，才知道这
种流言，早已有之，传播
的是品青，伏园，农萍，
小峰，二太太。

P280 —281 那时我又写信去打听
孤灵，才知道这种流言，早
已有之，传播的是品青，伏
园，玄情，微风，宴太。

P482 说我之不肯留，乃为月亮
不在之故。

P281 说我之不肯留居厦门，乃
为月亮不在之故。

一一六

P493 不知道你可能如此大睡，
我恐怕不能这样。

P291 不知道你可能如此大睡，
恐怕不能这样罢。

一一七

P496 我想，这忽然盛传的缘
故，是与陆晶清之由沪入
京有关的。

P293 我想，这忽然盛传的缘
故，大约与小鹿之由沪入
京有关的。

一二一

P507 我想，这些好地方，还是
请他们绅士们去占有罢，
咱们还是漂流几天的好。

P299 我想，这些好地方，还是
请他们绅士们去占有罢，
咱们还是漂流几时的好。

一二六

P520 途次往孔德学校，去看旧
书，遇钱玄同，胖滑有
加，唠叨如故，时光可
惜，默不与谈；

P307 途次往孔德学校，去看旧
书，遇金立因，胖滑有
加，唠叨如故，时光可
惜，默不与谈；

一二七

P523 昨天正午得到你十五日的
信，我读了几遍，愈读愈
想在那里面找出什么东西
似的，好似很清楚，又似

P309 昨天正午得到你十五日的
信，我读了几遍，愈读愈
想在那里面找出什么东西
似的，好似很清楚，又似

很模胡，恰如其人的声容笑貌，在离开以后的情形一样。

很模胡，恰如其人的声音笑貌，在离开以后的情形一样。

一三五

P548 然而一看他们的作品，却比我的还要坏；小说史呢，出在我的那一本之后，而陵乱错误，更不行了。

P322—323 然而一看他们的作品，却比我的还要坏；例如小说史罢，好几种出在我的那一本之后，而陵乱错误，更不行了。

P548—549 北京本来可住，图书馆里的旧书也还多，但因历史关系，有些人必有奉送饭碗之惠，而在别一些人即怀来抢饭碗之疑，

P323 北京本来还可住，图书馆里的旧书也还多，但因历史关系，有些人必有奉送饭碗之举，而在别一些人即怀来抢饭碗之疑，

注：（1）此文系本人与孙曰修先生共同完成的。

（2）《两地书》手稿本的页码依据上海古籍出版社 1996 年版《两地书真迹》。

《两地书》出版本的页码依据人民文学出版社 2005 年版《鲁迅全集》第 11 卷。

发表于《鲁迅研究月刊》2016 年第 3 期

对《一篇新发现的鲁迅手稿》一文的质疑

　　《鲁迅研究月刊》2011 年第 12 期（以下简称《月刊》）刊登了周楠本先生写的《一篇新发现的鲁迅手稿：〈新青年〉编辑部与上海发行部重订条件》，此刊的封二刊有这件手迹的影印图片。作者在文中介绍了得到此手迹照片的过程和对此手迹的研究考证："原影印图片太小，不清晰，所以翻拍效果也很不好，但一眼就可以看出这是鲁迅的墨迹，而不是其他《新青年》同人的笔迹。"在文中作者还分析了这份"鲁迅的手稿"形成的背景：周作人参加了 1919 年 10 月 5 日在胡适的寓所召开的"议《新青年》事，自七卷始由仲甫一人编辑"的会（按，见《周作人日记》）。文中写道："这是陈独秀出狱后十多天的事，胡适邀集同人们商议应变之策。这个编辑部与出版商的'重订条件'在这次会议中可能议及，也可能是在以后的聚会中进行了讨论。没有资料说明鲁迅参加了同人们的这些约会，当然也不能排除鲁迅参加了会议讨论，不过这份手稿可以证明他是耳闻了此事的。很可能是周作人把大家商量的意见带回家后，兄弟二人商量拟稿，由鲁迅执笔起草再提交同人们商定。"

对此论证，本人有诸多不解和疑问。

第一，鲁迅虽然是《新青年》的重要撰稿人，非常关注《新青年》的发展，也参与过《新青年》的活动，但他毕竟不是《新青年》的编委中人（《新青年》的编委为李大钊、陈独秀、胡适、沈尹默、钱玄同、高一涵）。他怎会起草一份《新青年》在"中国北部每期可销售"多少份，以后又让发行部"担任每期至少添印"多少份，还要求发行部"每期除赠送编辑部"多少份外，并要"担任编辑费"若干元等等如此细致的条件书呢？鲁迅虽然关心《新青年》的发展方向，但他是不可能掌握也无法计算出这样的具体数字的，也绝不会深入到如此烦琐的工作中去。

第二，周作人虽然参加了会议，但他也并非编委中人，会议主持者怎么会委托周作人将要与出版商商订的"条件"带回家和鲁迅商量起草呢？

第三，1919年下半年鲁迅正忙于八道湾房屋的修缮，并用了近一个月的时间，亲自返乡将母亲和亲眷接到北京。这段时间是鲁迅最繁忙的时日，应当说是无暇顾及这种事的。

第四，仔细审视这件手迹的用笔风格和常用字写法，可以发现它和鲁迅手迹是有很大差异的。

上述疑问促使我对该手迹的原始情况进行了解。首先向国家图书馆查找刊登此手迹的图书，并向国家博物馆了解此手迹的现存情况。在他们的大力协助下，我很快得到许多关于此手迹发表的详细情况：这页手迹早已发表在《中国近代史参考图片集》一书中，此书的版权页上注明：北京历史博物馆主编，上海教育出版社出版，1958年11月第一次印刷，印数为12500册，售价3.6元。此书分上、中、下三册。此页手迹刊登在下册第161页，上半页为手迹的图版，并明确注明此为"鲁迅的手笔之一：新青年编辑部和上海发行部《新青年》的合同书"，并注"北京历史博物馆藏片"。下左图为钱玄同和刘半农的照片，说明为"钱玄同和刘半农：新文化运动里反封建主义的健将"，下注"上海鲁迅纪念馆藏片"。下右图为吴虞像和《吴虞文录》封面图片，说明为"新文化运动里反封建主义的健将吴虞和《吴虞文录》的封面"，下注"北京历史博物馆藏片"。第 160 页上有鲁迅像，相片上有鲁迅手迹"1930 年 9 月 24 日照于上海，时年五十"，下注"上海鲁迅纪念馆藏片"。据国家博物馆工作人员告知，此手迹原件现存，收藏在国家博物馆保管部一部。但因建新馆，目前库房正在搬迁中，原件来源尚无法获知。

国家图书馆和国家博物馆工作人员发给我的手迹图片上，字迹比原刊登在《月刊》上的图片清晰一些。但毕竟不是从原件上直接翻拍下来的图像，仍有一些字迹是模糊的，但已经可以从多数字的行文风格与字迹结构上，看到与鲁迅手迹的差别，在我看来已经可以肯定，此页手迹并非鲁迅所书。那么为什么周楠本先生、强英良先生、刘运峰先生会非常肯定地认为这件"手稿"毫无疑问是鲁迅的手迹呢？原来 1958 年在发表此手迹时，图片下面已经写明为"鲁迅手笔之一"，并刊登了鲁迅的照片。然而，粗看起来某些字的写法很像鲁迅的字，但仔细推敲就可看出差异之处了。

为了弄清此手迹为何人所书，我和朋友们查阅了许多资料，包括《周作人日记》《胡适日记》《钱玄同日记》《胡适传》，当年出版的《新青年》刊物以及有关《新青年》史料记载的书籍等等，均未找到有关此次编辑会议的详细记载或有关此《合同书》的线索。无奈之中，只得从此页手迹的墨迹特点来研究了。为此，我将六位《新青年》编委的字迹——进行排查、对照，从北京鲁迅博物馆编《近现代名家手札》（一函三册）和江小蕙先生编

《江绍原藏近代名人手札》的手迹中寻找线索。对比中，我发现胡适的手迹酷似这页《〈新青年〉合同书》的手迹。为证实此页手迹并非鲁迅手迹而是胡适的手迹，我和孙曰修先生决定共同整理一个《〈新青年〉合同书手迹对照表》，因而从《〈新青年〉合同书》手迹全文 254 个字中选出不同的字 123 个，将鲁迅的手迹和胡适的手迹一一相对照。由于这份《〈新青年〉合同书》为 1919 年间起草的，也是随笔书写的一份草稿，所以我选用的鲁迅手迹是鲁迅 1916—1925 年间的书信手稿（其中仅有 3 个字选自鲁迅早期文稿）。而胡适的手迹则因可以找到的书信手札仅限此两种书，因而在 123 个字中仅找到 117 个字，尚有 6 个字找不到。不过从这 117 个字中，已经可以清楚地证实此《〈新青年〉合同书》应为胡适先生所书。他独特的书写风格与鲁迅有着极大差异，如"与""期""其""说""戏剧""元""北""数""当""於""所""定""稿""之"等等，在对比中就可以清楚地看到了。

附:《〈新青年〉合同书》手迹对照表

注	鲁迅手迹	《新青年》合同书手迹	胡适手迹	注	注	鲁迅手迹	《新青年》合同书手迹	胡适手迹	注
①	新青年	新青年	新青年	②	㉜	起印刷费媒水洋中期	起印刷费媒水洋中期	起印	㉝
				③	㉞			费	㊱
④	编辑部	新青年编辑部	编辑部	⑤	㊲				㊳
⑥				⑦	㊴	办理			㊵
⑧	共	与	与	⑨	㊸	中国北约每期刊销千五百份由	中国北约每期万销千五百份由	中国	㊸
⑩	上海	上海	上海	⑪	㊹			北约	㊺
									㊻
⑫	发行重行条件自七卷一号	上海发行重订条件自七卷一号	发行条件自七卷一号	⑬	㊼				㊽
⑭				⑰	㊿			每期万	52
⑯					51				53
⑱				⑲	55				54
⑲				㉑	57				56
㉓				㉓	58			千五百份由	59
㉔				㉕	60				61
㉖				㉗	62				63
㉘				㉙	64				65
30				31	66				67

对《〈一篇新发现的鲁迅手稿〉》一文的质疑

注	鲁迅手迹	《新青年》合同书手迹	胡适手迹	注		注	鲁迅手迹	《新青年》合同书手迹	胡适手迹	注

对《一篇新发现的鲁迅手稿》一文的质疑

说明：《〈新青年〉合同书》手迹对照表所选用的字均出自以下四本书：

①1978 年 10 月文物出版社出版的《鲁迅手稿全集·书信》简装本第一册；②北京鲁迅博物馆编、2002 年 9 月福建教育出版社出版的《近现代名家手札》；③江小蕙先生主编、2006 年 10 月中华书局出版的《江绍原藏近代名人手札》；④1978 年 10 月文物出版社出版的《鲁迅手稿全集·文稿》。

对照表中所标出的 225 个注，为作者所选每字出自具体书籍的页码及行数，限于篇幅，不再附后。

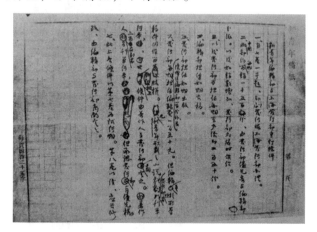

《新青年》编辑部和上海发行部发行重订条件（原件）

——北京历史博物馆藏片

发表于《鲁迅研究月刊》2012 年第 4 期

答谷兴云先生"对仙台讲义问题的考辨"

本人拜读了发表于 2020 年 7 月 22 日《中华读书报》的谷兴云先生大作《鲁迅"医学笔记"是"失而复得"吗——对仙台讲义问题的考辨》，感到先生文章写得极恳切，提出的问题，以理服人，本人十分赞同。

现仅就本人所知，给予答复。

（一）对"讲义"的提法

先生列举了近 60 年来鲁迅研究界、教育界对鲁迅这部讲义的各种不同的定名，如"解剖学笔记""医学笔记""课堂笔记""鲁迅大学笔记"等等，先生除列举其发表的刊物外，并一一说明其提法的不准确性。

先生提出对此讲义的提法应遵照"对鲁迅本意和原作的尊

重"，用"仙台讲义"是"既精准，又可显示其独特性"的。这个提法很好。

最近北京鲁迅博物馆文物资料保管部负责人从鲁迅的遗物中，新发现了鲁迅当年用以包这部讲义的包书纸。在这包书纸的上面，鲁迅亲笔写有"仙台医专讲义录"七个字。这"仙台医专讲义"的提法对这部讲义，不但妥帖且精准，因为这是鲁迅自己对这部"讲义"的完整定名。

（二）如何对六册仙台医专讲义的页数进行统计

先生在文中写道：

"大辞典"（注，即《鲁迅大辞典》）的第 1 句说到："合订成 6 厚册，共 954 页。"此总页数有待验证。

据《鲁迅手迹和藏书目录（内部资料）》（第 79 页）著录：

医学笔记　记于日本仙台医学专门学校　病变论 193 页
脉管学 334 页　解剖学 306 页　有机化学 296 页　五官器

学325页　组织学349页（下称“藏书目录”）

由“藏书目录”的记载，各册页数之和，为1803页。“叶文”（笔者注：即叶淑穗的“补白”，发表于1980年《鲁迅研究资料》第4辑）提供的数字，是“共1049页”，“杨文”未说及页数，上文引列的《从鲁迅医学笔记看医学专业学生鲁迅》中，《表1鲁迅医学笔记的内容》（下称“表1”）统计的各册页数分别是：第1册306页　第2册328页　第3册349页　第4册323页　第5册193页　第6册279页。6册相加，总页数是1778页。《表5鲁迅医学笔记中的课堂笔记的特征》（下称“表5”）细列有任课教师的讲课记录，在各册的页数，其和是1787页。

另在上引《鲁迅研究月刊》2010年第10期所载，《日本作家井上厦及日本医学专家眼中的鲁迅课堂笔记》（署名张立波，下称“课堂笔记”）一文中，披露两个页数，一个是954页，一个是1806页。原句分别是：“此次展示的是北京鲁迅博物馆所珍藏的鲁迅留学仙台期间的课堂笔记，共有6册954页。”“2005年北京鲁迅博物馆把鲁迅医学笔记全部6册1806页的电子复制版赠给了东北大学。”

以上6个页数：“藏书目录”1803页，“叶文”1049页，“表1”1778页，“表5”1787页，“课堂笔记”（1）954页，“课堂笔记”（2）1806页，和“大辞典”的954页核对，只有“课堂笔记”（1）的954页与之相同（可能同一来源），其余均相差数页，或几十页乃至数百页。页数之所以相异，可能因计数方法不同所致，比如，每页有正反两面，或者有的按一面算一页，有的按正反两面合为一页，等等。

先生所言极是，文物数字的统计，是文物注录和登记中的一个既复杂又非常重要的问题，所以1986年6月19日文化部特发布了文物字（86）第730号文件，即《博物馆藏品管理办法》，其中第八条第三项中就有"藏品计件"的要求。文物博物馆专家王宏钧先生在他的《中国博物馆学基础》一书中，特别加以解释："文物的组成是比较复杂的，所以，计件方法也不易完全统一，但是，无论如何，应该有一个计件的原则规定，一个馆的藏品的计件应统一，并且始终如一。否则，博物馆藏品就统一不出一个准确的数字。"

鲁迅博物馆对仙台医专讲义的统计，在《鲁迅手迹和藏书目录》一书中，最初的统计，从数字看应当是以"面"为单位，六册统计为 1803 页；1963 年在上报《鲁迅博物馆一级藏品简目》时，可能又改变了计算方法，上报"医学笔记六册 1049 页"；1994 年国家文物局开展全国一级品评审，对鲁迅博物馆的藏品进行一级品鉴定。鲁迅博物馆在《北京鲁迅博物馆一级文物目录表》（辑校古籍、其他）一项中记"医学笔记 954（6 册）张"，这又是以"页"为单位了。文物收藏单位对仙台医专讲义在页数统计上的"单位"变换，影响了鲁迅研究者、教育部门、图书出版部门，以至国外的鲁迅研究者对这部讲义实际页数的掌握。其实"讲义"的数字是不变的，关键是对它的统计和计算的差异。

现今国家图书馆以现代化的技术，调集鲁迅研究界各方面的专家，正在编辑一部大型的《鲁迅手稿全集》。这部书的出版宗旨是，要编辑一套既全面又精准而且新颖的《鲁迅手稿全集》。他们已将这部仙台医专讲义，以高清扫描的方法收入书中。为了得到这部讲义的准确数字，已请国家图书馆出版社将他们经过精准统计的数字告知，计有：解剖学 192 页，血管学 165 页，组织学 178 页，有机化 151 页，五官学 169 页，病理学 97 页。总计952 页。

这应当是这部仙台医专讲义最终统计的数字。

（三） 如何解释为何仙台医专讲义现在仍存

鲁迅在 1926 年 10 月 12 日写的《藤野先生》一文中写道："他所改正的讲义，我曾经订成三厚本，收藏着的，将作为永久的纪念。不幸七年前迁居的时候，中途毁坏了一口书箱，失去半箱书，恰巧这讲义也遗失在内了。责成运送局去找寻，寂无回信。"从鲁迅的记叙中，可以看出鲁迅对这讲义是十分珍爱并要将它"作为永久的纪念"。

鲁迅逝世以后，许广平先生在最艰难困苦的情况下，竭尽全力保护鲁迅的遗物。中华人民共和国成立后，许广平先生将她保存的鲁迅遗稿、藏书以及故居逐件分批、无偿地捐赠给国家。

1. 保存的鲁迅遗物中未见有"仙台医专讲义"的记录

1950 年 6 月文物局派何国基、于树国等同志对鲁迅故居所有遗物及藏书进行清点，清点完毕后报文化部（见文化部档案"物字 1218 号"题为"为呈报鲁迅故居清点完竣并拟具奖状词请核发奖状函"的文件，其中注明"图书五千一百九十五册又二百七十四件"），此清单细目中未见此讲义。数年中曾多次清点鲁迅故居，并请北京图书馆的专家编辑《鲁迅藏书目录》，其中未有此讲义的记录。

1950 年 11 月在许广平先生和唐弢等先生的安排下，由文物局从上海鲁迅故居将鲁迅藏书 2691 种装 41 箱运往北京。在清单中亦无此讲义。

上海鲁迅故居的存书中也无此讲义。

八道湾鲁迅的旧居中，曾留有一些鲁迅手稿或遗物。查鲁迅日记，1920 年 1 月 19 日和 1924 年 3 月 15 日有张梓生送书的记载，但未记有讲义。中华人民共和国成立后，周作人、周丰一先生将鲁迅手稿也都逐件捐赠给国家，其中也无此讲义。

许广平先生保存的大量鲁迅的文稿、译稿、辑录古籍稿等等，在中华人民共和国成立初期因鲁迅博物馆尚未成立，就交由当时的北京图书馆保管。本人也曾参与对这些文物的登记，其中也无仙台医专讲义的记录。

2. 鲁迅博物馆接收仙台医专讲义的经过

查鲁迅博物馆文物账，这六册仙台医专讲义是鲁迅博物馆建馆前的 1956 年 6 月，许广平先生向鲁迅博物馆捐赠第一批文物时捐赠的。

当时接收鲁迅文物的是许羡苏先生（鲁迅的学生、许广平的同学和好友）。许羡苏先生也是鲁迅博物馆最早从事鲁迅文物保管的前辈，本人是先生的助手，1956 年 7 月从部队转业到鲁迅博物馆工作。许广平先生捐赠此件文物时，我还未到鲁博工作。后来在整理文物和将文物分类编账时，我曾问过许羡苏先生此文物的来历，许羡苏先生告诉我，"许广平先生说是绍兴派人送来的"，这一点我记忆犹新，但当时就没有再细问，甚至坚信无疑，因为那时已知在绍兴发现了三箱书，主观认为这六册讲义是从那里发现的。此后我有许多机会见到许广平先生，和先生也常交谈工作上的问题，也向先生提出过许多问题，先生都耐心地给予解答，唯独没有提出过这个问题。许羡苏先生 1959 年退休了，我们还经常通信，也向她提出过一些问题，她也用书信详细地给我解答，但却没有再向她提出讲义来历的问题。

1976 年鲁迅博物馆成立了鲁迅研究室，编辑出版《鲁迅研究资料》，笔者就在该刊 1980 年第 4 辑，写了一篇短文——《鲁迅〈解剖学笔记〉与藤野先生》，文中首次披露"1951 年绍兴人民政府和当地人民在鲁迅的家乡发现了鲁迅家藏的三箱书，从中找到鲁迅的《解剖学笔记》一共6厚册"等。

事实上，早在1962年，王鹤照先生和尔后的张能耿先生写的回忆录以及《绍兴鲁迅纪念馆的大事记》的记载中均已证实，寄存在张梓生先生家中的三箱书内并无仙台医专讲义。笔者当年既未查阅过三箱书的书目，也未与绍兴鲁迅纪念馆的同志核实就发了此文。回想起来深为遗憾，此文虽短小，但影响极大，使这不符合事实的论证，被一些出版的书籍和研究者所引用，在此我诚恳地向读者致歉！

而今，所有当事者均离我们远去了，仙台医专讲义的来历只能存疑了，有待后人来解惑吧！

发表于2020年9月2日《中华读书报》

后　记

　　撰写《鲁迅手稿经眼录》的意愿，起于很多年前。如今，恰逢《鲁迅手稿全集》出版的机遇，得以实现。虽然此书只是一本朴实无华的小书，就像一丝光亮，虽然不强烈，但可以照着探索鲁迅思想的道路，承载着我毕生潜心鲁迅研究的一些成果；蕴含着对鲁迅手稿的理解、思考与研究。而今得以呈现，为传承鲁迅精神尽绵薄之力，倍感欣慰与荣幸。

　　新版《鲁迅手稿全集》的出版，是在疫情肆虐的困难之时，是在全体工作者不畏艰难、团结协作、努力奋战之中，得以高质量、高水平地完成的。呈现在人们面前的是一部装帧精美、印刷考究的大书。她再现鲁迅一生创作事业的辉煌，收录了迄今为止所发现的各个时期、各式的鲁迅手稿及墨迹，收录之全是空前的，内容之丰富令人叹为观止，更是史无前例的。可谓是一部实至名归的"全集"。全书不只使人们看到鲁迅作为伟大的文学家、思想家、革命家的丰功伟业，而且真切地使人们看到鲁迅更是一位伟大的艺术家、美术家、绘画家、书法家、金石学家、矿物学家、植物学家、古文字学家、资深的编辑……新版《鲁迅手稿全集》的出版，向世人展现了一位完全的、世人所不了解的真实的鲁迅。这是鲁迅研究和中国出版史上一座雄伟的丰碑。

《鲁迅手稿经眼录》的出版与这部名副其实的大书之间，还有着一段渊源。在《鲁迅手稿全集》筹备出版工作之时，负责出版此书的国家图书馆出版社总编辑殷梦霞先生做了很多深入细致的准备工作。她不只深入到各鲁迅的纪念馆、博物馆和可能存有鲁迅手稿的单位了解情况、查看鲁迅藏品，还探访了一些参与过鲁迅手稿出版的人员。因为本人曾参与过文物出版社出版的《鲁迅手稿全集》的编辑工作，而与殷总编结识。沟通过程中，殷总编向我提出，可否写一些介绍历年来鲁迅手稿出版情况等的稿件，并欣然表示愿意帮我出一本书，对此本人由衷地感激。

本人从事鲁迅研究工作 60 余年，撰文虽不少，但自忖学识有限，恐唐突圣贤，贻误后人，故除 1999 年和杨燕丽同志合著《从鲁迅遗物认识鲁迅》一书外，其他文章多散见于报端，实不敢以疏浅之才而贸然著书。如今末学已至耄耋之年，想到如能将多年散成的文字结集起来，既是对我本人毕生研究的系统梳理和升华，或许对爱好、研究鲁迅的读者们能有小小的帮助，加之殷总编的鼓励与嘱托，便欣然接受了。

起初，本人整理了 40 多年所撰写的各种稿件，近 40 万字，交给出版社。这些材料有的是从旧报纸上剪下来，有的是书刊的影印件，如此繁杂的内容无疑为编辑、排版增加了难度。但出版社的同志极其认真负责，很快将排版后的书籍初稿寄给了我。当手捧着这本足有 4 厘米厚，包含了鲁迅研究、鲁迅博物馆轶事，以及纪念先辈等各类文章的书稿时，我感到既感动又愧疚，感动的是出版社对末学文字的重视和厚爱，愧疚的是内容涉猎过于宽泛，恐怕和殷总编的期许不相符合。再三考虑后，本人决定放弃原来的想法，仅从原书稿中选取 28 篇，内容专注于鲁迅手稿轶事，其文虽简而义彰，总算可以不辜负殷总编及出版社的嘱托与信任了。但要说明的是，这些稿件大部分均为多年前所写，为保存原状，未做修改。重复、错误之处在所难免，恳请各位专家和读者给予批评和指正。

　　谨在此，还要特别感谢萧振鸣先生为本书题写书名。感谢此书的责任编辑许海燕、王佳妍同志自始至终对我的支持。无论稿件如何难以辨认，两位同志都没有丝毫怨言，尽职尽责地逐字推敲，此书能够顺利出版，离不开她们的帮助与努力。最后，本人向所有为此书的出版付出辛劳、提供帮助的同志们表示由衷的感谢，也愿此书能够得到读者朋友们的喜爱与斧正。

叶淑穗

2021 年 8 月